品嘗好書　冠群可期

馬戲怪人

江戶川亂步

品冠文化出版社

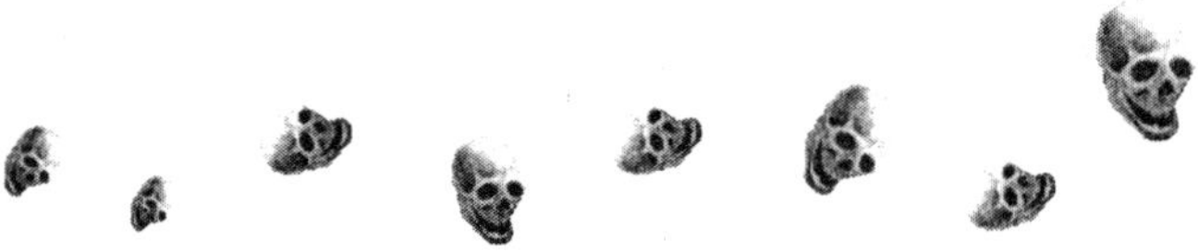

目錄

馬戲怪人

少年偵探⑮

馬戲怪人

江戶川亂步

骷髏紳士

一天傍晚，少年偵探團的井上一郎和阿呂，走在世田谷區寂靜的住宅區。這天井上到阿呂家玩，而阿呂正要送井上回家。

阿呂就是野呂一平的俗名。他是團員中最膽小的傢伙，但是非常可愛，受到大家的保護。

井上一郎在團員當中身材最高大，力量也最大。他的爸爸以前是拳擊選手，有時會教他拳擊。學校裡沒有人打得過井上。高大強壯的井上和矮小柔弱的阿呂，卻是很好的伙伴，令人覺得奇怪。

兩個人走在兩側狹長的水泥牆的寂靜巷道裡，對面的街道出現一名紳士，朝這裡走來。他穿著灰色的大衣，戴著灰色的軟帽，拄著手杖走了過來。

兩名少年遠遠看到這個人的時候，不知怎麼的突然覺得身體發涼，感覺好像有寒風迎面吹來似的，全身不寒而慄。

但是，因為是傍晚，所以看不清對方的面孔。兩個人繼續往前走。紳士和兩名少年之間的距離越來越近了。當距離只剩十公尺的時候，終於看到紳士可怕的臉。

阿呂不禁「啊！」的小聲叫了出來。而井上則好像想要阻止阿呂似的，抓住了他的手臂。

哇！這難道是一場惡夢嗎？紳士的臉看不出有活人的氣息。黑漆漆的眼睛。原本以為他戴著黑邊眼鏡，但並不是。

眼睛的部分只剩下兩個黑洞。鼻子也只有兩個三角形的洞。沒有嘴唇，露出長長的上下兩排牙齒。正是一張骷髏的臉。是一個骷髏穿著西裝，戴著軟帽，拄著手杖走了過來。

難道這兩名少年是在傍晚時遇到了妖怪嗎？實在難以想像這樣的事

情。看了他的臉，覺得非常的害怕。兩個人轉向水泥牆的方向呆立，不想看到骷髏的臉。只是拼命祈禱著他能趕緊通過身邊。

骷髏紳士走在兩人的身後，傳來叩咚叩咚的鞋子聲音。聲音來到兩人的背後時，突然消失了。

原來是骷髏紳士停下了腳步，用黑漆漆的眼睛看著兩人的背影。

兩位少年這麼想時，嚇得都快要停止呼吸了。井上知道阿呂一定會嚇得渾身發抖。

難道會從身後抓住他們嗎？然後用長長的牙齒咬他們嗎？把他們帶回黑暗的地底地獄去嗎？這麼一來恐怕就沒有生還的機會了。

但是，幸好什麼事都沒有發生。終於，又聽到叩咚叩咚的腳步聲，漸去漸遠。

當腳步聲遠離後，兩人戰戰兢兢的回頭看。看到巷子的對面，骷髏紳士漸去漸遠的身影，越來越小了。

「喂！阿呂，我們是少年偵探團的團員，不能就這樣逃走，應該跟蹤在他的身後。他一定不是妖怪，一定是可疑的傢伙。跟蹤他吧！不要被他發現，跟蹤他吧！」

阿呂雖然害怕得不得了，但是，有強壯的井上陪著，認為應該沒問題。於是跟在井上身後，跟蹤骷髏紳士。

小林團長曾教過他們跟蹤的方法。在距離對方二十公尺遠的地方，盡量避免讓對方回頭時看到自己，因此，要躲在電線桿或各種東西的背後，持續跟蹤。

骷髏紳士繞過巷子的轉角，一直在那兒走著。四周越來越黑暗了，也越來越難跟蹤了。

大概跟蹤了一公里遠，突然看到對面有大帳篷，聽到熱鬧的音樂聲音。哦！原來是馬戲團。一個大型的馬戲團就在廣大的空地上。骷髏紳士走到馬戲團前。

令人驚訝的是，在帳篷旁停著好幾輛大型巴士，也有裝著用來關大象、獅子、老虎的堅固鐵籠子的大卡車。大型巴士是馬戲團表演人員的起居之處，也可以當成後台來使用。

大帳篷正面上方的絲絨布，是用燙金文字貼著「豪華馬戲團」的字樣，畫著各種表演節目繪畫的看板，陳列在上面。而在看板下面則有幾頭馬，其中一個圍欄裡的大象正揮舞著長長的鼻子。而從帳篷的天花板上垂掛著幾個電燈泡，照亮四周。

白天在帳篷前是黑鴉鴉的人群，但是到了黃昏時刻，只有二、三十個人稀稀疏疏的站在那裡。

骷髏紳士避開有人的地方，朝著大帳篷側面走去。後來身影消失在帳篷的後面。

兩位少年深怕跟丟了，因此，一直跑到轉角處。四周都看過了，就是沒發現任何人在那裡。

大帳篷的側面有五十公尺，他不可能一下子就繞到後面，跑到另一個轉角去，再怎麼樣也不可能這麼快。

帳篷外面是草原，根本沒有人。

難道骷髏紳士真的是妖怪嗎？難道是用魔術，使自己像煙一般消失了嗎？

「我知道了，那傢伙一定是從帳篷下面鑽過去，跑到裡面去了，想要甩開我們。」

阿呂突然察覺到這一點叫著。

「嗯，可能是吧！那我們就從正面入口進去，調查看看。那是張非常可怕的臉，一看就知道了。」

井上這麼說著，跑向馬戲團的入口。

觀眾席上的骷髏

此刻，馬戲團正中央的舞台上正在進行熱鬧的馬戲表演。在帳篷外面的七匹馬，分別由美麗的女子騎乘旋轉著。穿著用金線、銀線縫製的襯衫的女子，在馬上做著各種的表演。

比一般馬戲團大三倍的廣大帳篷中擠滿了觀眾，顯得非常悶熱。觀眾就坐在用板子搭成的看台上。而在正面觀眾席後方有更高的地方，這是用簾幕隔開的貴賓席。一個區域大約可以容納六個人。這樣的貴賓席大約有十幾個。

在貴賓席前面坐著的觀眾的頭，一直排到正中央的表演場前。就在貴賓席前方的不遠處，由爸爸媽媽帶著的一個小學生坐在那裡。大約是五、六年級的少年。

這個少年突然回頭看。觀眾全都在看表演場的演出，但是，只有這名少年不知道為什麼突然回頭望。

天花板左右都是用布幕隔開成好像包廂一般的貴賓席，每一席裡都有五、六名男女。但是，正中央的一個貴賓席，就好像是掉了一顆牙齒露出的空洞一樣，空無一人。而且那裡有點昏暗，感覺就好像是洞穴入口似的。

當少年望著這個沒有人的貴賓席時，突然覺得背脊發涼。因為在微暗處，感覺到好像有白色的東西在那兒。

看起來好像是戴著大黑邊眼鏡的人臉，但馬上就知道並不是如此。因為那不是黑邊眼鏡，而是兩個黑色的洞。在鼻子的地方也只有三角形的洞。下方露出白色的牙齒……。是骷髏！一張骷髏臉飄浮在空中。

少年嚇了一跳，趕緊回頭看著正面。在馬戲團的觀眾席上不可能會有骷髏出現啊！一定是我自己眼睛看花了。

他對自己這麼說。但是，已經無法再專心的看馬戲表演了，還是必須要再回頭確認一次。

忍耐著心中的害怕，再回頭看時，真的確認那是一張骷髏臉。不，並不是飄浮著，而是一具骸骨戴著軟帽，穿著大衣，坐在那兒。

軟帽和大衣都是灰色的，不仔細看的話看不清楚，所以，感覺好像只有臉飄浮在空中。

看了好幾次，發現那的確是骷髏，少年終於推了推坐在旁邊的父親的身體。

「爸爸，後面有奇怪的東西哦！」

好像耳語似的，同時用手指著那邊，讓父親看。

爸爸嚇了一跳，立即回頭看。而媽媽察覺到他們的動作，也跟著回頭看。他們全都看到了骷髏。

「啊！」

媽媽嚇得高聲大叫。

坐在附近的觀眾也全都回頭看，看到了穿著大衣的骷髏。

觀眾席上立刻引起一陣騷動。大帳篷中一千多名的觀眾，他們的頭全都向後轉，看著在貴賓席上的可疑傢伙。已經沒有任何人在看馬戲表演了。

這時，在正中央圓形表演場的一端，有幾個人跑了過來。帶頭的就是井上和阿呂。而有三位馬戲團工作人員也跟在其身後跑了過來。井上指著出現骷髏的貴賓席，說道：「在那裡！在那裡！」

這一場騷動，使得在表演場繞圈圈的七匹馬，全都停了下來。而在馬背上表演的少女們，也全都看著貴賓席。

大帳篷中全部的人，都看著貴賓席。

在幾千隻眼睛盯著的情況下，貴賓席上的骷髏紳士並沒有顯得特別慌張。他靜靜的從椅子上站了起來，朝著貴賓席前方走了過去。在燈光

的照射之下，可怕的骷髏臉清楚的浮現出來。

盯著骷髏看的一千多張臉，就好像電影的放映動作突然停止下來似的，一動也不動的保持靜止，沒有人出聲。大帳篷中瞬間一片死寂。

骷髏紳士斜靠在貴賓席圍欄前面的欄杆上，用奇怪的白臉看著觀眾們，然後露出了笑容。

沒有嘴唇的牙齒，張開成奇怪的形狀，在那裡笑著。

這時，觀眾席上傳來「哇！」的慘叫聲。原本停止呼吸，盯著怪物瞧的觀眾席上，就好像稻穗隨風吹拂似的，開始出現了起伏的波浪。大家都打算離開座位逃走。

這時，井上和阿呂帶頭，再加上馬戲團的男子們，他們撥開了觀眾席的人群，朝向骷髏紳士走近。而後面則跟著其他的工作人員，以及兩名警察。

「嘿嘿嘿嘿……」

可怕的笑聲在大帳篷中迴響著。骷髏紳士好像在嘲笑眾人似的大笑了起來，同時突然躲進貴賓席的後方。

在圍欄的後方，也有布幕遮著。看來他打算從那裡逃出去。

「啊！他要逃走了，大家趕快繞到後面去！」

有人叫著。馬戲團的男子們，繞過貴賓席的盡頭，跑到後面去。

鏡子前面

骷髏紳士被前後包夾，應該無路可逃，但是，他卻又像煙一樣的消失了。

他出現的貴賓席兩邊的貴賓席，也有很多的觀眾，因此，不可能從那裡逃走。眼前有一千多雙的眼睛在瞪著他，也不可能往這裡逃走。剩下的只有後方而已。看來他只能掀起布幕，從貴賓席外逃走。

但是，那裡也有馬戲團的人跑過來，同時在貴賓席側面也有一些座位，從那裡可以清楚的看到貴賓席後方的情況。所以，如果骷髏紳士掀起布幕逃走，應該會立刻被人發現，然而觀眾們卻什麼也沒有看到。馬戲團的人仔細搜查貴賓席的後方，不過依然一無所獲。

馬戲團的人，已經先行到達大帳篷外，因為臆測他可能會從帳篷下鑽出而逃走。

但是，骷髏紳士也沒有出現在外面，完全消失得無影無蹤。

歷經了這場騷動，大半的觀眾都已經離開了，但是，仍留下一些勇敢的觀眾，起鬨要看空中飛人的表演，因此繼續表演下去。

這時，一位叫做木下春實的美麗女演員走出大帳篷，趕往當成後台來使用的大型巴士。木下春實有空中飛人女王之稱，是馬戲團的台柱。接下來要表演空中飛人的節目，但因為有東西忘了拿，所以趕緊離開帳篷到後台來拿。

大帳篷旁邊的空地上，有好幾輛在車身側面寫上「豪華馬戲團」字樣的大型巴士，並排在那裡。木下春實走近其中的一輛，爬上巴士後面的三階階梯，打開門。

演員們因為先前的騷動，全都跑到大帳篷那裡去了，所以巴士裡面應該沒有人。

原以為沒有人，沒想到打開門之後，在微暗的燈光照射之下，看到穿著灰色衣服、戴著同色軟帽的男子坐在那兒。

這輛巴士是供女性演員使用的後台，但居然會有男子在這裡，她覺得很奇怪。春實看著這名男子。

巴士裡面兩側有一些架子，上面則擺著用來化妝的鏡子。男子坐在其中一面鏡子的前面，正在照著自己的臉，因此，只能看到他的側面。但是總讓人覺得很不舒服。

「是誰在那裡？」

春實嘟囔的說著。男子突然回頭看著她。

啊！那張臉！在應該有眼睛的地方卻只有黑色的大洞，而鼻子也只有三角形的黑洞，下方露出上下兩排牙齒。這個傢伙就是之前從貴賓席上消失的骷髏紳士，他竟然躲到這個地方來。

春實哇的大叫一聲，跑下階梯，衝向大帳篷。

消失的怪人

春實小姐跑開之後，骷髏紳士也離開了巴士，走下階梯，大跨步的走著，追著春實。

春實頭也不回的往前跑，因此，並沒有發現他追趕在後。

骷髏紳士的腳程越來越快，就好像飄浮在空中似的，沒有發出任何的聲響，持續跑著，追在春實的後方。現在他伸出長長的手，好像要抓

住春實的肩膀。

這時如果春實回頭，則可能會因為過於害怕而嚇得昏倒。骷髏紳士已經非常接近春實了。但不知為何，並沒有打算抓住春實，只是一直跟在她的身後。

所幸春實並沒有回頭看。她跑到大帳篷的後面，趕緊衝了進去。

「救命啊……骷髏……骷髏……」

衝進大帳篷的後門之後，是一條用布幕隔開的通道，那裡擺著各種表演的道具。

站在那裡的男性工作人員木村，急忙好像扶住春實似的問：

「看妳這麼驚慌，到底發生了什麼事？」

「啊！木村先生，巴士裡面有骷髏。他是不是追過來了？你到外面去看看。」

「咦！那傢伙躲在巴士裡？」

木村這麼說著，趕緊從先前春實小姐跑進來的後門探出頭去，看看外面四周。

「什麼也沒有啊！妳有沒有看錯，是不是眼花了？會不會是因為驚嚇過度，所以……」

「不，他真的在那裡。他坐在巴士內的鏡子前面，看著自己的臉。就是那具骷髏。」

春實清楚的說著。

這時，在通道旁邊團長室的布幕掀開，馬戲團團長笠原太郎走了過來。

「怎麼這麼吵啊！你們在吵些什麼？」

笠原團長年約四十歲，是一位身材壯碩的男子。穿著在紫色的絲絨上有燙金刺繡的寬鬆披風，頭上則戴著同色絲絨製、有著紅穗的土耳其帽。

「啊！團長。三號巴士上出現了先前的那具骷髏。我趕緊拼命逃到這裡來。」

「什麼！骷髏？好，召集大家包圍三號巴士，抓住那個傢伙。」

團長大聲下達命令。這時，負責道具的工作人員趕緊依照吩咐聚集男性團員。很快的，十幾名男子立刻包圍住三號巴士。從入口處往裡面看，巴士裡空無一人。可能是已經逃走了吧！但還是仔細進行搜索，不過卻沒有任何發現。

骷髏紳士因為追春實小姐到大帳篷的後門，所以當然不會待在巴士裡面。不過，即使檢查大帳篷外面的廣場，也依然沒有任何發現。如果躲進帳篷裡面，則由於目前節目還在表演中，因此，一定瞞不住馬戲團的團員和觀眾的眼睛。

怪物就像煙一般的消失了。難道骷髏紳士真的懂得神奇的魔術嗎？

小丑怪

第二天的上午，在客人還沒有到達之前，觀眾席正中央的圓形表演場上，有五名大人小丑和三名孩童小丑正在進行排練。

因為是小丑，所以各自穿著奇裝異服。有的穿著紅白條紋相間的小丑服，戴著尖帽，臉用白粉塗成白色，嘴唇則塗成鮮紅色，兩邊臉頰也塗成圓形的鮮紅色。另外，也有穿著紅底白點的小丑服的男子，身上套著大的酒桶，只露出脖子和腿。桶子的兩側挖出圓形的洞，雙手就從那裡伸了出來，打扮成好像酒桶般的模樣。還有將比自己的頭大五倍的紙糊脖子套在脖子上，走起路來樣子十分滑稽的男子。

他們都是能博得觀眾開懷大笑的小丑。

三個小孩小丑，也各有奇怪的打扮。其中兩名是少年，另一位是少

女，全都是十歲左右的孩子。他們將身體放在白色、紅色及紅白相間的大橡皮球當中，只將頭及手腳伸出，就好像一只大球在走路似的。

大人小丑們發出「吼吼」的奇怪叫聲，倒立著或者是翻滾。裝扮成酒桶的男子則躺了下來，讓身體不斷的滾動。小丑們假裝在爭吵似的，互相鬥毆。而被揍的男子動作誇張的倒了下來，不斷的滾動。進行著各種的演練。

稍做休息時，在桶中的男子依然待在桶中，而另外四名大人則分散在四個角落，開始做扔球的練習。

球就是在大橡皮球中的三個孩子。大人小丑用雙手拿起球，「呀」的大叫著，傳給另一位小丑，而小丑則大喊著「呦」接球。

在橡皮球中的孩子的眼睛咕嚕的轉著，似乎很痛苦的樣子，但是為了節目的演出，必須要進行練習。

紅、白及紅白相間的巨大橡皮球，由四名小丑陸續扔出及接球，場面看起來非常漂亮。

不只是普通的扔球、接球，有時也會藉由滾動而讓對方接住球。這時露出孩子頭部及手腳的球就會朝側面滾動。

不久，在紅球中的少年被扔了出去。當一名小丑接到他的時候，孩子突然大聲的叫著：

「等等！」

「沒出息的傢伙，這樣就受不了了嗎？」

小丑責罵孩子。

「不是，我不要緊。而是我看到了奇怪的東西。先停一下……」

「什麼奇怪的東西？」

小丑一邊說著，一邊停下球，讓少年用在球外的右手指著對面。

「那個桶，那個桶子裡面有奇怪的東西正在偷看我們。」

在距離扔球的四個小丑比較遠的地方，擺著一個大的酒桶，扮成酒

桶妖怪的小丑，坐在桶子裡休息。因為頭和手都縮了進去，因此，看起來就像個大桶擺在那裡似的。

「你說有奇怪的東西在偷看，在哪裡啊？」

小丑也看著桶子，但卻沒有發覺異樣。

「什麼都沒有啊！是不是頭昏眼花看錯了？桶子裡面只有丈吉先生坐在那裡休息啊！」

「不是的，我真的看到了。有奇怪的傢伙躲在桶子裡面。好像妖怪一樣。」

少年說著，小丑看著桶子。這時就好像恐怖箱裡有人偶的頭突然彈跳出來似的，有東西從酒桶上彈了出來。

小丑不禁「啊！」的大叫一聲，呆立在原地，無法動彈。在一聲大叫的同時，那個奇怪的東西也縮回了桶中，消失不見了。

但是，只要看一眼就夠了。那傢伙有兩個黑色的大眼睛，鼻子是三角形的洞，露出上下兩排牙齒。沒錯，就是骷髏。在桶子裡面的不是小丑丈吉，而是骷髏。

「喂！大家一起上。」

小丑用眼睛對另外三人示意，接著躡手躡腳的朝那個桶子接近。而另外三人也畏畏縮縮的跟隨在後。

來到桶子的旁邊，悄悄的從上面往裡面看。這時大桶突然倒了下來。

就在大家驚嚇得跳開的同時，原本躲在桶中穿著紅襯衫、紅褲子的男子跳了出來，以驚人的速度朝對面逃去。那張臉就是可怕的骷髏臉。骷髏假扮成小丑丈吉，戴著白色的面具，瞞過了眾人。

空中的捉迷藏

穿著紅色襯衫的骷髏男，跑到圓形表演場對面的盡頭。奔往裝飾在

那裡的長長圓形大柱上。這根圓形大柱的兩側，每間隔三十公分，就有三十公分左右的木塊嵌在木頭上。

骷髏男的腳踩在木塊上，朝圓形大柱上面爬去。爬到了大帳篷天花板的鞦韆台上。從台上往下看，露出尖尖的牙齒笑著。

小丑們因為身上的裝扮太過沉重，無法爬上圓形大柱，因此，只能叫喚進行空中馬戲表演的男子們過來。

「喂！三太、六郎、吉十郎，大家快來啊！骷髏爬上了鞦韆台，快去抓他。」

穿著水滴服的小丑，大聲叫著空中飛人表演高手們的名字。

這時，從後台陸續跑出幾位穿著肉色內衣（與肌膚緊密貼合的肉色內衣，在表演時經常會使用）、外面套著有金線繡花的三角褲（男性短內褲）的強壯男子。

「就在那裡，你們看那個鞦韆台上！」

順著小丑手指的方向看去，在離地五十公尺大帳篷的天花板鞦韆台的小板子上，果然看到穿著紅色襯衫、以奇怪姿勢窩在那裡的骷髏。他看起來很小。

「喂！快，快下來！再不下來，我們就爬上去把你推下來哦！到時你就沒命了！」

空中飛人的吉十郎，用雙手圍在嘴巴前當成傳聲筒，朝高高的天花板大叫著。

這時，從天花板傳來「喀喀喀喀……」好像怪鳥般的叫聲。骷髏露出長牙笑著。

「好！你給我等著瞧。」

吉十郎用手召喚兩名同伴，跑到從天花板垂下來的圓柱下方，然後開始爬木頭。不愧是空中飛人高手，就好像猴子一樣，輕易的就爬上圓木，到達天花板的鞦韆台上。

他們打算去抓趴在那裡的骷髏男。這時，鮮紅的襯衫突然啪的在空中翻了個跟斗，跳到了從天花板的橫木垂掛下來的鞦韆上。鞦韆開始茲茲的前後擺盪。

鞦韆台上的三個表演人員無計可施，而骷髏所坐的鞦韆則越盪越激烈。

鞦韆的擺動幅度好像快要到達天花板似的。這時，一名男子像蛇一樣爬向吊著鞦韆的圓形橫木上。原來是空中飛人高手吉十郎。

他的身體趴在橫木上，雙手抓著鞦韆繩，想要將搖晃的鞦韆拉到上面去。因為這個力量，鞦韆開始奇妙的搖晃。如果直接往上拉的話，骷髏男一定會從鞦韆上跌落到五十公尺下方的地面上。

但是，骷髏男也很厲害。他察覺到這一點，於是趕緊翻了一個身，離開鞦韆。鮮紅的襯衫在空中搖晃著。

在下面觀看的小丑們，不禁「啊！」的大叫一聲，捏了一把冷汗。

離開鞦韆的骷髏男，看起來就好像會直接掉落到地上似的。這麼一來準死無疑。

「喀、喀、喀、喀、喀……」

如怪鳥般的笑聲，從天花板上傳了下來。飄下來的只有聲音，骷髏男的身體又跳到了離鞦韆五公尺遠的天花板橫木上。

地面的小丑們，異口同聲的「哇！」的叫了起來。

這時，在高高的天花板上，由圓木架起來的地方開始展開了可怕的捉迷藏遊戲。

逃亡者當然是穿著鮮紅色襯衫的骷髏男，而追趕他的則是三名空中表演人員。如果骷髏男利用踏板往右或往左逃時，這些男子就會在前面等著他，因此他只能不斷的踩在圓木上躲藏。

骷髏男每次在他們前來抓自己時，都會僥倖的閃躲逃開。高超的技巧，令人覺得這不是人類能夠辦到的。

終於，吉十郎及另外一名表演人員在一根圓木上從前後逼進包夾骷髏男，即使是妖魔，也無處可逃。吉十郎的手往前伸，而後方表演人員的手則伸向他的腿，已經到了生死時刻，骷髏男即將束手就擒。

就在這一瞬間，骷髏男的身體往下掉落。可能是認為已經不行了，所以自己就乾脆跳了下去。

不，不是如此。他那穿著紅色襯衫的身體，就這樣的停留在宇宙當中。啊！我知道了。他一定是準備好了長長的細麻繩（用麻做成的堅固細繩），在細麻繩的盡頭綁著鐵勾，勾在圓木上，讓細麻繩往下垂。他就是利用這個方式往下落。

吉十郎想要抓起細麻繩，但是，骷髏男已經滑到距離地面七公尺遠的地方。

隨即鬆手一跳，跳到地面。就這樣的，像箭一般從大帳篷的後面衝了出去。

驚訝的小丑們趕緊追趕，而在天花板上的三名表演人員，則利用骷髏男留下的細麻繩滑到地面，以好像箭一般的速度追趕。但骷髏男已經消失得無影無蹤了。

哇的大叫

小丑事件發生後過了三天，又發生了可怕的事情。

這是在白天發生的事情。馬戲團的大帳篷裡，擠滿了黑鴉鴉的觀眾群。在令人目眩的帳篷天花板高處，展開了空中飛人的表演。

帳篷的天花板兩邊都有鞦韆。一邊的鞦韆上坐的是吉十郎，而另外一邊坐的則是受人歡迎的春實。兩個人都彎著腿倒立著，然後又站回原處。用驚人的速度在空中盪來盪去。

倒掛在鞦韆上的兩人，看起來彼此互相接近，但一下子卻又分開了。

兩人抓準時間，吉十郎「哈」的大叫一聲，春實也配合而「哈」的大叫。春實伸直了勾在鞦韆上的腿，身體離開了鞦韆，朝空中落下。下面觀眾席上的幾千名觀眾，屏息以待，都為他們捏了一把冷汗，鴉雀無聲的看著表演。

吉十郎的鞦韆，接近了放開雙手而彈到空中的春實。吉十郎張開雙手迎接著她，春實只要抓到他的手就可以了。

「啊！」

突然春實發出可怕的叫聲。

這時，春實在空中看到的吉十郎的臉，並不是真正的吉十郎。是骷髏的臉。那張可怕的骷髏臉，正朝著自己逼近。

春實因為過度害怕而忘了抓住他的雙手，只是尖叫著往下墜落。從五十公尺高的地方垂直往下墜落。觀眾席上立刻發出「哇！」驚聲尖叫。

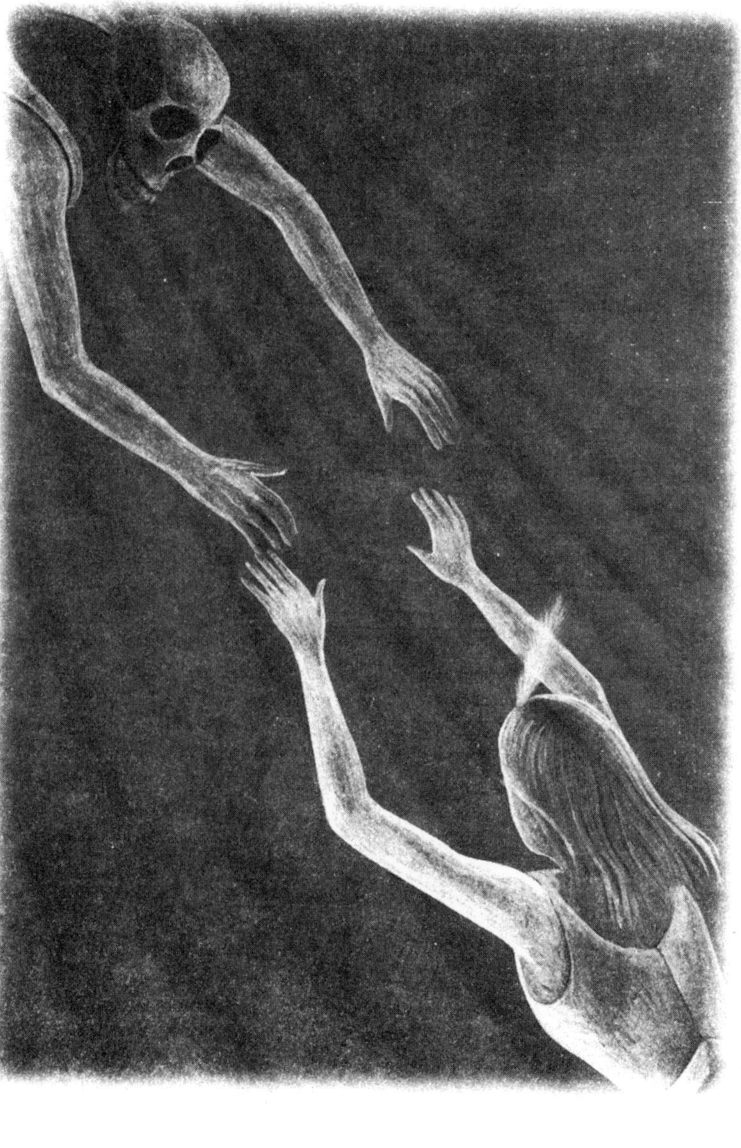

如果就這樣的掉落地面，春實一定會喪命。

啊！危險！春實白色的身體正加速度的像箭一般的掉落下來。

但是，春實的身體並沒有碰到地面。在離地十公尺的上方，她就好像橡皮球似的開始彈跳。……原來在那裡已經架好了粗大的繩網。

春實獲救了。在網上不斷的彈跳著。

她走到網的盡頭，然後跳到地面。

馬戲團的人，從四面八方跑了過來，慌慌張張扶著春實，準備把她帶到後台去。

「我不要緊。你們快看那個，那個！」

春實說著，並用手指著天花板的鞦韆。

大家抬頭往上看。

變成骷髏臉的吉十郎，已經不見人影。只有鞦韆還在那兒劇烈的晃動著。

「吉十郎的臉變成骷髏。我因為太驚訝了，所以……」

從下面看不清楚，但是，大家對春實為何沒有抓住吉十郎的手都覺得很不可思議。

「哦！吉十郎已經爬到帳篷上方……」

其中一名馬戲團團員大叫著，跑了過來。

原來吉十郎沿著鞦韆的繩子，爬到天花板的圓木上，然後再從那裡鑽出帳篷，爬到帳篷上。

真正的吉十郎當然不會做這種動作，他一定是骷髏男。結果引起了一陣大騷動。

表演空中飛人的男子們，全都爬到天花板上，檢查帳篷的屋頂。但是那個假扮成吉十郎的男子已經不見了。

「如果他是骷髏男，那麼吉十郎到底哪裡去了？」

一名團員察覺到這一點，趕緊跑到當成吉十郎房間使用的大型巴士

上尋找。

結果在巴士的角落，看到手腳被綁、嘴巴被塞住東西的吉十郎，躺在地上。

拿掉被塞在嘴巴裡的東西，問他怎麼回事，他說：

「有人從背後摀住我的口鼻，我聞到一股難聞的氣味後，立刻就昏倒，不省人事了。」

原來是骷髏男對吉十郎下麻醉藥，並且換穿吉十郎的衣服，跑到鞦韆上捉弄春實小姐。

骷髏男一定早就知道在鞦韆的下面有保護繩網，所以了解就算春實落下也不會受傷。

但是，他為何要這樣做呢?難道只是為了嚇唬春實嗎?大家都議論紛紛，無法獲知答案。

窗子上的臉

晚上八點左右，笠原馬戲團團長的兩位可愛的孩子，在團長用的大型巴士中等待著爸爸回來。

馬戲團才剛結束，所以爸爸還沒有回來。

哥哥笠原正一就讀小學六年級，妹妹御代子就讀小學三年級。因為是團長的孩子，所以和其他馬戲團的孩子不同，不需要做表演，只要好好用功讀書即可。但是，兩個人非常喜歡表演，有時也會客串演出。

因為馬戲團要全國巡迴演出，所以無法一直就讀同一所學校，必須經常更換小學。長約三個月，短則一個月就要轉學。一般的孩子都很討厭更換學校，不過，正一和御代子也已經習慣了。兩個人的媽媽在三年前去世，現在只和爸爸相依為命了。

這一次是在東京內換地方長期表演，所以能夠在同一所學校待上三個月以上。兩個人都很高興。

在學校中，少年偵探團團員阿呂（野呂一平）和正一同班，兩人關係不錯。阿呂是一個很善良的孩子，因此，很快的就和新同學笠原正一成為好朋友。

這次「馬戲團的怪人事件」，和少年偵探團有了密切的關係。

大型巴士中，放置著團長與兩個孩子的床。另外一邊的窗邊，則擺著長長的板子，當成正一兄妹的書桌。此外，上面還有當成化妝用的鏡台等。車內照明不太明亮。

正一和御代子坐在床上等著爸爸回來。突然御代子可愛的眼睛瞪得大大的，看著後面的玻璃窗。同時雙手緊抓著哥哥正一。

正一嚇了一跳，也往窗子看了過去。

窗外一片漆黑。在一片漆黑當中，突然看到一個白色東西在飄盪，並且逐漸接近玻璃窗。越接近就看得越明顯。

啊！是骷髏！

那個可怕的骷髏來了！

兩個人跳下床，抱在一起，整個身子都瑟縮在巴士的角落。

骷髏整個臉貼在玻璃窗上，看著這一邊。像黑洞般的眼睛，如三角洞般的鼻子，露出長牙的嘴。張開嘴，咯咯的笑著。

正一和御代子驚嚇過度，根本無法發出聲音來。就好像被磁鐵吸住似的，只能一直盯視著窗上的骷髏。兩人心跳加快、口乾舌燥，覺得自己快要死掉了。

不久之後，貼在玻璃窗上的骷髏臉，突然離開了玻璃窗。難道他已經離開了嗎？不，不會的，可能是繞到入口，正打算開門進來吧！

終於聽到了咯咯的腳步聲，一定是骷髏的腳步聲。

啊！聲音變了，對方來到了巴士後方的出入口，正在爬著木梯。骷

髏快進來了。

正一和御代子光是想像，就快要停止呼吸了。

門把轉動，聽到門被打開的聲音。一個人影站立在黑暗中。

「你們在那裡做什麼啊？」

開門進來的不是骷髏，而是爸爸笠原。

正一和御代子「哇」的叫了出來，趕緊撲向爸爸。一邊發抖，一邊說明先前窗外出現骷髏的事情。

「什麼？是骷髏嗎？」

笠原趕緊跑到巴士外。聞訊趕到，聚集在附近的馬戲團團員，用手電筒仔細的搜查四周，但是，並沒有發現怪人的蹤影。骷髏男似乎隨時都可以讓自己消失，因此大家也無計可施。

少年偵探團

骷髏男為何會出現在馬戲團，其目的沒有人知道。如果知道，恐怕觀眾們就不會來了。笠原團長通知警察，決定要抓到這個假扮成妖怪的怪物。

大批的警察及便衣刑警趕到馬戲團，進行怪物的全面搜索，但卻一無所獲，空忙一場。

笠原正一擔心自己和妹妹會被怪物抓走，因此，在學校把這件事情告訴朋友阿呂。阿呂則把這件事情轉告給少年偵探團的團長小林知道。於是少年偵探團開始進行調查此怪事件。

這個事件的負責人，是警政署的中村搜查組長。小林和中村警官很熟，因此前去拜訪，希望能讓少年偵探團負責保護正一及御代子。

「是嗎？阿呂和團長的孩子是好朋友嗎？好吧！那麼白天就由你們負責保護他們。雖然警察也會保護他們，但大人太過顯眼。對方可能比較不會察覺像你們這樣的少年，而且我也非常欣賞你的才華。

但是，晚上就不行了，晚上八點以後就由我的手下來負責保護。你們團員都是小學五、六年級到中學一、二年級的孩子，孩子不能熬夜，否則會被父母親責罵哦！

我的手下就在附近，如果你們發現有可疑的傢伙，就要趕緊吹哨子（叫喚人前來的哨子）。如果你們這些孩子也被怪物抓走，那麼，就可能會遭遇到同樣悲慘的下場。你們知道了嗎？」

中村警官不斷的交代小林。

小林和明智先生合作過，因此非常了解這一點。在幾位團員中，挑選了身材高大、力量強大，並且得到父母同意的六名少年。由小林擔任隊長，負責守護正一兄妹兩人的安全。

骷髏的臉出現在窗上的第二天，小林和六名團員放學之後聚集在一起。一行人來到正一和御代子兄妹居住的巴士周圍。

大家全都喬裝打扮。有的穿著好像流浪兒（居無定所，沒有工作，在各處徘徊的少年）的骯髒衣服，有的則把臉塗黑。明智偵探事務所有許多這種變裝用的骯髒衣服。小林把這些衣服帶出來，讓大家更換。

巴士停泊的草原上。一面是草和低矮的樹木，但因為排列著許多輛巴士，所以有很多可以躲藏的地方。

少年團員中有人躲在樹幹後面，有的則躲在巴士車體下面，還有的躲在長長的草中，或者是巴士後方出入口的木梯旁邊。他們在不遠處由四面八方監視著正一的巴士。

白天沒有發生任何事情。到了晚上，少年們嚼著放在口袋裡的麵包代替便當，一直待在躲藏的地方。

四周已經完全暗了下來。天空星光燦爛。在對面的大帳篷中，各處

的電燈都已經亮起，傳來樂隊的聲音。晚場的馬戲團表演尚未結束，壓軸的空中飛人節目才正要開始。

打扮成流浪兒的小林，躲在巴士出入口的木梯後面，一刻也不鬆懈的看著四周。在巴士內，正一與御代子正在窗戶旁的書桌看書。

不久，對面大帳篷的電燈逐漸變暗。馬戲團表演結束了，聽到觀眾們散場的腳步聲及說話聲，非常熱鬧。

馬戲團的人各自回到巴士。爸爸笠原也回到巴士。

笠原先生知道少年偵探團在監視，因此在爬巴士的樓梯時，出聲對躲在那裡的小林少年說道：

「辛苦你了。為了正一兄妹，你們如此辛苦，真不知要如何感謝你們。但是天色已晚，今晚就到此結束，你們也該回去了，其他的事就交給警察吧！」

小林回答：「好，我們待會兒就回去。」

當笠原先生進入巴士，關上門之後，他們還是待在原地，並沒有移動。中村警官吩咐八點要回去，但少年們則打算監視到八點半。現在才八點，還有三十分鐘。

四周一片寂靜。大帳篷的電燈已經熄滅，可以看到燦爛的星空。這裡距離熱鬧的商店街還有一段距離，因此，到了八點就好像深夜一樣的安靜。

感覺時間過得很慢。雖然距離八點半只有三十分鐘，但是，卻覺得好像有兩、三個小時那麼久。

手腕上的夜光錶終於顯示八點半了。就在小林正打算聚集眾人回去時……突然聽到巴士內傳來哇的叫聲。巴士的門打開，兩個小小的身影從木梯上滾落了下來。原來是正一和御代子。

小林趕緊站了起來，好像抱住兩人似的摟住他們，問他們到底發生了什麼事。

「那個傢伙在巴士裡。骷髏來抓我們了。快逃呀……」

上氣不接下氣的說著。啊！這到底是怎麼一回事呢？並沒有其他的人進入巴士中啊！骷髏男怎麼可能會出現，難道正一在做夢嗎？

地道的秘密

小林少年立刻吹哨子通知警察隊。黑暗中傳來雜沓的腳步聲，五名警察跑了過來。

「骷髏男在巴士裡面，快抓住他！」

小林大叫著。

「好！」

一名警察衝向巴士後方的入口。

「喂！打開！把這裡打開！」

警察握拳敲著出入口的門，並且大叫著。

門不知何時緊閉，已經打不開了。怪物可能從裡面上了鎖。

但是，在巴士中不光是只有骷髏男而已，應該還有正一和御代子的父親笠原先生才對啊！難道骷髏男已經幹掉笠原先生了嗎？

這時，巴士裡傳來了可怕的聲音。那是東西倒下以及板子破裂的聲音。聽到重物的撞擊聲。

難道是笠原團長和骷髏男扭打在一起嗎？聲音越來越來，大型巴士也開始搖晃。

「窗子，打破窗子！」

一名警察大叫著。

「我踩在你的肩膀上，讓我來打破。」

少年偵探團的井上一郎跑向警察的旁邊。井上在團員中力氣最大，同時也是跟隨父親學習拳擊的勇敢少年。

「好！你踩著我的肩膀上去，打破玻璃窗。」

警察把井上抱到自己的肩上。

井上用刀柄敲打著玻璃窗，打出一個大洞來，手伸入洞中，打開了窗子。

往裡面一看，巴士裡面的燈已經熄滅，一片黑暗。好像格鬥才剛結束似的，一片死寂。

「笠原叔叔，你不要緊吧？」

井上大叫著。在黑暗中聽到「呃呃……」的痛苦呻吟聲。

啊！原來笠原團長被揍了。骷髏男該不會躲在黑暗中，打算撲向走過來的傢伙吧！

這時感覺有人在移動，而且一直的在移動著。

「真奇怪。消失不見了。在黑暗中什麼都看不清楚。燈呢？燈呢？」

傳來笠原團長的聲音。

「借我手電筒。」

井上說著，警察把手電筒交給他。井上立刻拿著手電筒從窗子照射進去，觀看巴士中的情景。

在手電筒照射的圓光中看到趴著的笠原。可能是被光嚇了一跳，笠原搖搖晃晃的站了起來。

哇！怎麼這麼狼狽。睡衣皺巴巴的，而且全被撕破，臉和手因為擦傷而流血，睡衣上也沾滿了血。

整張臉都是血，在手電筒的照射下，感覺臉變大了，並且朝這裡接近。

「把那個借給我……」

井上按照吩咐，把手電筒交給了笠原。

笠原用手電筒照著巴士裡面。

「奇怪。不見了。真的不見了……」

喃喃自語的說道。

「是骷髏男不見了嗎？」

井上問道。

「嗯！不見了。消失了。」

聽到這些話的警察在下面大叫著：

「快把入口的門打開。門被上了鎖。」

笠原搖搖晃晃的走近門，轉動插在鑰匙孔裡的鑰匙，打開了門。

等在門口的警察，手上拿著手電筒，衝進巴士內。但是，無論如何搜尋，就是找不到骷髏男。

笠原的臉上沾滿了鮮血，說道：

「我在床上睡覺時，那個傢伙突然勒住我的喉嚨。那是有著一張骷髏臉的怪物。

我嚇了一跳，拼命的掙扎，和那個傢伙扭打了起來。我原本就是孔武有力，但沒想到那個傢伙的手臂好像鋼鐵機械似的。

我拼命的掙扎，但還是被他推到對面角落裡。後來我趁機用腳猛力踢那個傢伙的肚子。

就算是怪物，被我踢中了肚子也開始掙扎，躲在這個角落，然後就站不起來了。我撲到他的身上。

這時，就發生了奇怪的事情。我從上面往下撲了過去，但那傢伙的身體卻突然縮小了，然後就消失不見了。……真是很不可思議，我也不知道是怎麼一回事。」

警察們聽到他這麼說，都面面相覷，沉默不語。

骷髏男居然利用人類不可能的魔法使自己消失了。除非是妖怪或幽靈，否則身體怎麼可能會縮小、消失了呢？

「啊！奇怪，你看這裡。」

拿著手電筒檢查巴士內部情況的井上，突然大叫著。

警察們都跑了過來，看著井上手指的地方。在巴士的地板上，看到一個六十公分正方被切開的痕跡。

「按按看就知道，有點鬆軟。」

井上用力一推，結果板子往下落。

「啊！原來這就是妖怪的陷阱。那個傢伙就是從這裡逃走的。」

警察大力的用腳一踩，結果露出了一個四方形的洞。

骷髏男的身體會變小，是因為從那裡往下溜走了。因為一片漆黑，所以看不到那裡有洞。

原來並不是怪物或幽靈，只是壞人罷了。對方事先就已經挖好這個洞，所以才會出現在巴士中。

他先前偶爾會消失或出現，全都是採用相同的伎倆。

巨大的影子

警察隊和少年偵探團團員，用手電筒照著巴士周圍的草原，仔細的搜索，然而卻沒有任何發現，骷髏男已經不知去向。

大家暫時撤退，只有兩名少年一直留到最後，走在沒有半個人、一片漆黑的大帳篷旁邊。那是少年偵探團的團長小林及團員井上。

「真令我感到百思不解。這個傢伙從地下道逃走是事實，然後又很奇怪。」

小林深思熟慮之後，以低沉的聲音說道。

「什麼叫做然後又很奇怪呢？」

井上問。

「穿過地下道之後，應該是到達巴士下面。」

「嗯，是呀！」

「但是，當時卻沒有人到巴士下面。」

「咦！你怎麼知道？」

「因為我一直躲在巴士下面，而且就在你踩著警察的肩膀打破窗子之前。」

「咦！團長一直都躲在巴士下面啊？難怪在大家騷動時都沒有看見團長。」

「是啊！我想應該要有人守在巴士下面才對。所以，他如果從地下道裡跑出來，我應該看得到啊！」

「真奇怪，難道那個傢伙會使用隱身術嗎？」

「嗯！可能是，也可能不是。我想去問問明智老師。不過我感到很害怕，真的是很害怕。」

勇敢的小林團長也會感到害怕，這真是罕見的事情。井上驚訝的看著小林的側臉。

就在這時，好像做惡夢似的，在兩人面前突然發生了非常可怕的事情。

在黑暗中，馬戲團的大帳篷看起來是白色的，而帳篷的背後出現了灰色的巨大東西。大約有三十公尺高，比人大幾十倍的巨大東西，正朝著這邊靠近了。

小林和井上兩名少年，嚇得呆立在原地。

巨大的灰色東西慢慢的朝著這裡過來，已經在十五公尺的前方了。

「啊！那是大象。可能是馬戲團的大象從籠子裡跑了出來。」

小林耳語著。

的確是一頭巨大的象。但是，知道是象之後，反而更害怕。萬一被牠用鼻子捲住身體，那可就糟糕了。

兩個人拔腿就跑。

這時傳來「喀、喀、喀、喀……」的笑聲。兩人邊跑邊回頭看。

巨大的象背後有東西在動。是那個傢伙在笑。

「啊！是骷髏……」

就是那個骷髏男。他脫掉原本穿著的外套和衣服，赤裸著身子騎在象背上。

雖然是赤裸，但並不是人類的身體，而是全身都是骷髏的身體。白色的肋骨、腰骨，細長的手足，和學校標本室的骷髏一模一樣。骨頭在象背上搖搖晃晃。

這個傢伙連身體都是骸骨嗎？只有骨骼的身體穿著衣服、鞋子、拄著拐杖能走路嗎？

兩名少年覺得太不可思議，於是停在距離只有三十公尺遠的地方，茫然的看著這幕奇怪的景象。

巨象根本沒有注意到少年們，沿著大帳篷悠閒的走著。白色的骷髏騎在象背上，似乎也很悠閒的搖晃著。

「啊！我知道了，那個傢伙穿著黑襯衫。黑襯衫上面用白色的顏料畫成骷髏的形狀。」

「哦！所以說他是人囉？」

「是的。但是人卻比骷髏更可怕，比妖怪或幽靈都更恐怖。」

小林好像很害怕似的這麼說著。

「喀、喀、喀、喀……」

大象上的骷髏，又發出奇怪的笑聲。並且好像有白色的東西朝這裡飄了過來。

原來是長方形的西式信封，在黑暗的空中飄盪著，然後落在兩名少年和大象之間的地面。

當兩名少年驚訝的呆立在原地時，巨象已經沿著帳篷漸去漸遠。灰色的巨大身體消失在黑暗中，完全看不見了。

目送他們離去之後，兩名少年好像惡夢初醒似的，在黑暗中互相對望。

「警察還在帳篷中，立刻通知他們吧！」

兩個人趕緊撿起掉在地上的信封，跑向大帳篷的入口。

帳篷中有一個用布幕隔開的小房間，兩名警察坐在那裡。房裡只有一盞微亮的小燈泡。

兩位少年跑到警察的旁邊，詳細說明剛才發生的事情，然後交出撿到的信封。

一名警察打開信封。裡面寫著異樣的文字。

> 笠原太郎先生
>
> 在幾天內會發生可怕的事情，你將會親手殺死自己的孩子。這是你無可避免的命運。即使再如何小心，都無法逃脫這個命運。

兩名警察看了之後，驚訝的互相對望。

「要立刻通知總部（警政署總部）。同時要讓笠原先生看這封信。」

一名警察趕緊跑去打電話通知總部，而剩下的另一名警察則帶著兩名少年，趕往笠原所居住的大型巴士。

笠原的臉和手都纏上繃帶，躺在巴士的床上睡覺。看到警察進來，立刻從床上坐起身來。警察告訴他詳情，看過信之後，笠原嚇得臉色蒼白。

「立刻叫警察隊抓住那個傢伙。既然騎著大象，就可能還在這附近徘徊。我去檢查一下大象的巴士。巴士應該是由馴象師吉村負責看守。為何大象會被偷走，我也不知道。」

於是笠原和警察及少年們，一起來到當成關著大象籠子的大型巴士處。而負責看守的馴象師吉村，已經被人用東西摀住嘴巴，手腳遭到綑綁，滾落在遠處。

大象不知在何時又回到了原先的巴士裡。骷髏男把大象歸還之後就逃走了。他真是一個動作迅速的怪物。

但是，骷髏留下的信到底意味著什麼呢？

小林認為這件事情不能夠等閒視之。仔細思索之後，心中有一種難以言喻的恐懼感，不知該如何是好。

奇怪的地毯

笠原先生看了骷髏男的信之後，感到非常害怕。沒有辦法再住在巴士裡，因此，決定住到守衛較為嚴密的住宅裡。

所幸在世田谷區有一位美國人住的西式洋房。於是立刻帶著兩個孩子，搬進洋房裡，同時，每天都趕到馬戲團的大帳篷去表演。

笠原先生認為只有自己和孩子、傭人還不夠，因此，從馬戲團團員中挑選了身強力壯、有膽識的男子一起住。三名男性團員輪流，不分晝夜的看守著正一等人住的房間。

搬完家後的第二天中午。

笠原正打算到馬戲團的時候，接到電話。聽筒那端傳來可怕、嘶啞的聲音：

「呼呼呼呼……，你覺得巴士不安全就逃到洋房裡去了嗎？呼呼呼……但是我是個萬能魔法師，不管你逃到哪裡去，都沒有用的。嘿呼呼呼……還是小心點吧！你可愛的孩子將會被你自己殺死。就算你搬家，也無法逃離這個命運的。嘿呼呼呼……我真同情你，你就是必須面對這個命運。」

說完之後，卡嚓的掛斷電話。

笠原先生臉色蒼白，趕緊跑向在二樓的正一和御代子的房間。房間前面有一名馬戲團的團員坐在椅子上看守著。

「剛剛骷髏男打電話來，他已經知道我搬到這裡來了。絕對不能夠掉以輕心，一定要好好的看守。孩子們沒問題吧？」

「沒問題的。窗子上裝了鐵條，從外面進不來。入口就只有這裡。聽到了嗎？正一和御代子正高興的唱著歌呢！」

「嗯！是嗎？」

笠原打開門往裡面看，安心似的點了點頭。

「但是，我就要去馬戲團了。其他的事情就拜託你了。」

「您放心。我們三個人一定會好好的看守這裡，你安心去吧！」

團員很有自信的回答。

笠原先生就這樣的出門了。馬戲團要一直表演到夜晚，回來時都已經很晚了。

這一天下午四點，洋房門前停著一輛卡車，兩名男子從卡車上卸下如電線桿一般粗大、類似棒子的東西，扛著來到了玄關。

按鈴之後，馬戲團團員打開大門。兩名男子將這個像棒子一樣的東西扛進洋房中，並且說道：

「這裡是不是住一位剛搬來的笠原先生。老闆叫我們把這個東西送到這裡來。」

「咦！這是什麼東西啊？」

馬戲團團員覺得很奇怪，而回問對方。

「是地毯啊！是三個房間的地毯。」

這個長約兩公尺多，比電線桿更粗的棒子，原來是捲起來的三個房間份的地毯。

馬戲團團員面露奇怪的神情，說道：

「沒聽說有訂購地毯啊！你是不是弄錯了？」

「不，不會錯的。在這個城鎮裡沒有另外一戶叫做笠原的人家吧！而且剛搬過來的只有這一家，絕對沒錯。」

「但是，我沒有聽說過，所以沒有準備錢來付款。」

「付款？先前就已經付過了。我把這個東西擺在這裡囉！」

兩名男子將粗大的棒子橫擺在玄關的地板角落，然後就離去了。

馬戲團團員心想一定是笠原先生訂購的，於是就讓它擺在那裡，等笠原先生回來再處理。

終於平安無事的到了黃昏。正一和御代子及三名團員聚集在餐廳裡吃晚餐。

就在這個時候，在玄關木板旁的微暗角落發生了奇怪的事情。

原本橫躺在那裡如棒子般捲起來的地毯，就好像活生生的東西一樣的動著。

地毯棒靜靜的滾動。原本捲起的地毯慢慢的攤開來。而在地毯盡頭相連的另外一塊地毯也開始攤開，變成比原先地毯大一倍。接著第三幅地毯也攤開來後，裡面出現一個漆黑的東西。

是人的形狀。穿著緊身的黑襯衫、黑褲子，戴著黑手套、黑襪子，是一個全身黑色裝扮的傢伙。

這傢伙站了起來，朝這裡看。那張臉正是骷髏的臉。

骷髏男躲在地毯裡偷偷進入這裡，這的確是非常高明的手法。從外面看來，是三張捲起的大地毯，沒想到裡面竟然是可以容納一個人藏身的空洞。

全身漆黑的骷髏男，沿著走廊的牆壁，悄悄的溜到裡面去。停在餐廳前，然後通往廚房。

但是，在餐廳裡面的人沒有任何一個人發現到他。

啊！這個奇怪的骷髏男到底想要做什麼？

消失的正一

這天晚上八點，笠原先生還沒有回來。正一和御代子已經上床了。兩個人房間的門前，則是由和白天不同的另一位馬戲團團員，瞪大眼睛毫不鬆懈的監視著。

但是，不久之後卻發生了奇怪的事情。

團員的大眼睛變得越來越小，漸漸的，整個眼睛都閉上了，而且脖子也開始往前傾。

團員驚訝的張開眼睛，看看四周，接著又闔上了眼睛，開始打盹。

就在這樣時而打盹、時而清醒的情況下，團員終於睡著了，從椅子上跌落下來，以奇怪的姿勢開始鼾聲大作。

這時，一樓的餐廳也發生同樣的事情。兩名團員原本留在餐廳，坐在那裡聊天，等待輪流看守的時刻到來。但是，兩個人也漸漸的開始打盹起來。

在廚房裡幫忙的傭人，洗完碗盤之後，坐在椅上上休息，不過也開始打起盹來。

全家人都睡著了。這到底是怎麼一回事呢？先前吃完飯之後，大人們喝了咖啡，連傭人也在廚房裡飲用了同樣的咖啡，難道是有人在咖啡裡下了安眠藥嗎？

可是並沒有人在此出入啊！如果真的有人會做這種事情，那麼，就是從地毯裡鑽出來的骷髏男所幹的好事。

我們再來看看在寢室中的正一。御代子還小，已經睡著了。但是正一十分害怕，根本睡不著。回想起在巴士中看到的骷髏男的臉，更是嚇得渾身發抖。

門外有強壯的團員看守著，窗子上也已經安裝了堅固的鐵條，根本

不用擔心那個傢伙會闖進房間來。但是，還是非常害怕。

突然聽到叩叩的敲門聲。他嚇得停止呼吸。

叩叩，叩叩……。

「是爸爸。開門吧！」

從門外傳來人的聲音。正在害怕的時候知道是爸爸回來，於是正一趕緊跳下來跑到門邊，轉動鑰匙打開門。為了謹慎起見，從房裡把鑰匙插在鑰匙孔中。

門一下就打開了。

但是，站在那裡的並不是爸爸，而是令正一光是回想起就毛骨悚然的骷髏男。

正一不假思索趕緊往床的方向逃，但是對方是大人，立刻就從後面飛撲過來，抓住了正一。

正一拼命的掙扎，但還是無力抵擋對方。骷髏男掏出好像大手帕一

樣的東西，摀住了正一的口鼻。

聞到一陣難聞的氣味之後就昏倒了。當正一快要閉上眼睛時，感覺在眼簾底那骷髏男的臉放大一千倍，正在嗤笑著。整個世界都是那個骷髏巨大的臉。

正一全身軟攤了下來。骷髏男又掏出另外一個好像毛巾似的東西塞住正一的嘴巴，然後再用事先準備好的細麻繩仔細綑綁他的手腳。

同一個房間床上的御代子睡得很熟，根本不知道發生了這件事。而骷髏男也迅速且安靜的進行著他的陰謀。

之前在咖啡裡面下安眠藥的正是他。在走廊從椅子上跌下來的馬戲團團員還熟睡著。一樓的人也一樣。骷髏男不用擔心會被任何人阻撓，自己能夠隨心所欲的進行陰謀。

他把綁好的正一夾在腋下，輕輕鬆鬆的走下樓梯，重新回到玄關的木板旁。將正一塞入自己原本躲藏的地毯的空洞中，再把地毯像原先一樣的捲好，並用繩子綁起來。

然後來到玄關的門前，從口袋裡掏出好像鐵絲一樣的東西，插入鑰匙孔，卡嚓卡嚓的撥動著。聽到喀嚓一聲，鎖開了，門也被打開了。這根鐵絲就是用來開鎖的萬能鑰匙。

骷髏男走到外面去，關上門，然後再用鐵絲從外面將門上鎖，隨即離去。

過了三十分鐘之後，笠原先生從馬戲團回來。

他按下門鈴，但是卻沒有人出來開門。即使繼續按鈴，也不見任何回應。

笠原擔心不已，難道自己不在的時候，骷髏男已經來到此處，把家裡的人都綁起來而無法動彈了嗎？那麼正一和御代子現在如何呢？突然想到自己的口袋裡有鑰匙，因此趕緊掏出鑰匙打開門，一進家中，便大聲叫喚團員們的名字。

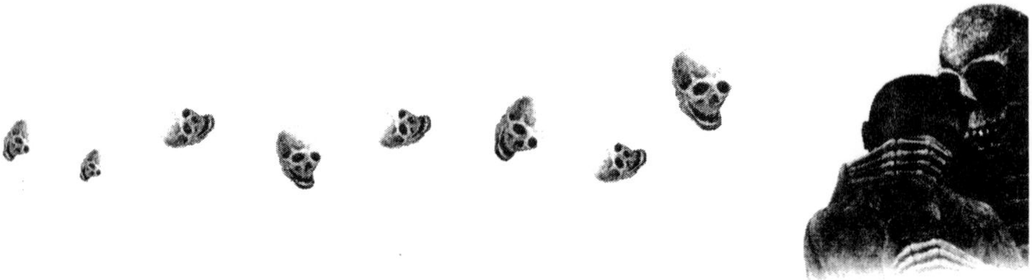

他來到餐廳，看到兩名團員都睡著了。而在廚房裡的傭人也睡著了。

他很擔心在二樓的孩子們。於是三步併作兩步跑向二樓，來到正一的寢室前。發現原本應該負責監視的團員已經倒在地板上睡著了。

打開門，進入寢室。御代子正在睡覺，但是正一的床卻是空的。

「御代子，御代子，起來！哥哥到哪去了？」

御代子驚訝的睜開眼睛。她熟睡中完全不知道發生了什麼事，所以根本無法回答這個問題。但是，看到爸爸面露可怕的神情大叫著，她終於嚇得哭了出來。

御代子完全不知道發生什麼事，笠原先生回到走廊，搖晃著倒下的馬戲團團員的身體，大聲的叫著他的名字。

男子終於醒了過來，一臉茫然的看看四周。

「喂！怎麼回事？正一不見了！你怎麼會在這裡睡覺呢？」

「啊！是團長！我怎麼了？真奇怪，我怎麼會睡著了呢？我自己完全不知道。阿正不在嗎？」

「哇！你說什麼啊？不只是你，連在下面的人也都睡著了。這到底是……。」

笠原先生非常生氣，根本容不下別人插嘴。

「啊！對了！難道是那個。」

團員突然大叫著。

「咦！是哪個？」

「安眠藥啊！應該是放在咖啡裡的。那咖啡好苦啊！」

「安眠藥？是嗎，是誰放的？」

「不知道。是傭人端來的。可能是有人趁傭人不注意時，偷偷放進去的。」

「有人？說什麼傻話，門窗不是緊閉著的嗎？怎麼可能會有人從外面進來呢？」

「門窗的確是緊閉著的，大家都在這裡監視著，所以不可能有人從外面進來。」

可是咖啡裡的確被下了安眠藥，而且正一也不見了，這到底是怎麼一回事呢？

「好了，趕緊叫醒大家，找尋正一，他應該還在家裡面吧！」

於是叫醒了大家。從洋房裡到庭院、圍牆外仔細進行大搜索，可是仍然找不到正一，最後只好放棄了。

第二天一大早，昨天運貨來的兩個男子再度出現，表示地毯送錯了地方，並接過仍然擺在玄關角落如棒子般捲好的地毯，扛到大門口的卡車上，把地毯載走了。

的確沒有人訂購這些地毯，因此，當然會無條件的讓對方取回。但是任誰都沒有想到，正一竟然會被困在這個地毯裡面。

骷髏男的詭計真的成功了。可憐的正一將會遇到什麼樣的悲慘遭遇呢？難道正如信中所言，會被他的父親親手殺死嗎？怎麼可能會發生這種可怕的事情呢？

名偵探明智小五郎

在明智偵探事務所的書房，明智小五郎及小林正在談話。

小林是來報告笠原正一失蹤的事情。

大家都被安眠藥迷昏了，而正一真的被擄走了。但是到底是誰、從什麼地方把他擄走的？那就完全毫無所知了。門窗全都上了鎖，並沒有出入口。正一就像煙一般，從門縫裡消失了。犯人應該就是骷髏男，那個傢伙似乎會施魔法。

明智偵探當然可以解開這個謎團，因此，小林一直看著他。

「那傢伙說過笠原會自己親手殺死正一嗎？」

「是的。所以才讓人覺得很可怕啊！」

明智偵探沉思了一會兒，好像突然想到什麼似的問道：

「昨天搬家時應該搬了許多行李進去，有沒有什麼大型行李是抬進來又抬出去的呢？」

聽到明智這麼問，小林嚇了一跳，瞪大了眼睛。

「的確有一件奇怪的事情。根據照顧正一的馬戲團團員們的說法，昨天有人送來捲好的地毯。他們對送貨員說不記得有訂購這些東西，但對方卻說已經付款了，然後就直接擱在家裡。但是，今天早上那些送貨員又來了，表示昨天地毯送錯，又把地毯要回去了。」

「那麼，你沒有看到那個地毯囉？」

「嗯！我到那裡去的時候，送貨員已經回去了。」

聽小林這麼說，明智偵探立刻拿起辦公桌上的電話，撥打電話到笠原家。

「這裡是明智偵探事務所，請問笠原先生在嗎？……哦！出去啦？你是……你就是馬戲團的團員嗎？剛剛我聽小林說，昨天好像有人送地毯來，你知道這件事情嗎？是你簽收的嗎？那地毯是捲起來的嗎？你知道大小嗎？長度呢？……兩公尺左右。粗細呢？……五十公分。有那麼粗嗎？是三個房間份的地毯。哦，我知道了。

……笠原先生是什麼時候出去的？……才剛出去？是去馬戲團嗎？不是。那麼，是到哪兒去了呢？去射擊場？要練習射擊槍？射擊場在哪裡？在世田谷區的烏山町。芦花公園對面。是烏山射擊場。你知道射擊場的電話號碼嗎？哦！是三二一（當時東京市內局號為三位數）的五四九〇。好。謝謝！」

明智偵探掛上聽筒之後，立刻又把聽筒拿起來，撥出剛才問過的電話號碼。

「是烏山射擊場嗎？你是？……射擊場的主任啊！射擊練習已經開

始了嗎？哦！還沒有？是不是有一位豪華馬戲團的笠原先生在那裡呢？咦！還沒到嗎？今天有幾個人在那裡練習？……三個人？笠原先生也是其中之一嗎？哦！我知道了。我是私家偵探明智小五郎。現在我就搭車前往，大約要花三十分鐘。在我到達之前，請不要開始射擊的練習，絕對不要讓他練習射擊，知道嗎？這是人命關天的事情。有可能會引發殺人事件。一定要等到我為止。」

明智偵探再三交待之後掛上電話。

「老師要出門嗎？」

小林興沖沖的詢問。他不知道明智老師到底在想些什麼。

「嗯！趕緊叫車。你也一起去吧！也許我想錯了，但是，在還沒有確認之前，我無法安心。正一可能真的會被他的父親笠原殺掉。」

「什麼？正一？那麼，真的會如那個骷髏男所說的嗎？」

「是啊！快一點，立刻叫車來。」

射擊場的怪事件

笠原先生有時會站在馬戲團的舞台上客串表演。因為長年鍛鍊的技巧，因此，無論是空中飛人或者是騎摩拖車的表演都難不倒他。而且他也是射擊方面的高手，能夠擊落遠處助手叼著的香煙。此外，也能以撲克牌為靶，將上面的圖案依序射穿。

笠原先生為了避免射擊的技巧退化，會定時的到射擊場練習。今天正好是練習日，因此，他到了烏山射擊場。

如果真的擔心正一的事情，應該不會去練習射擊。但話又說回來，這件事情有警察處理，而且小林也把事情的真相告訴了明智偵探，因此會由專家來尋找正一。

雖然笠原先生內心也非常焦急，但也無可奈何。與其在家枯等，還

不如到射擊場練習。

烏山射擊場裡除了小型的事務所建築物之外，周圍是一片廣大的山林。一邊是高高的河堤，前面有堆積如山的白沙，沙中設置三個標靶。

笠原先生每次都是在三個標靶的正中央標靶練習。剩下兩個則讓給其他人使用。

笠原先生從事務所拿出槍，站在射擊的區域，將子彈裝填在槍裡，正打算開始練習。

這時，事務所的主任跑了過來，雙手不斷的揮舞叫著：

「等等！等等！」

「怎麼回事？為什麼叫住我？」

笠原先生覺得很奇怪的問他。

「哦！這是有理由的。對不起，請再等十分鐘，請到事務所去休息一下。」

「要我再等十分鐘是可以，但我要知道理由。我也很忙耶！」

「我們在二十分鐘前接到電話，他們說三十分鐘內會趕到這裡來，希望在此之前絕對不要讓你射擊。」

「哦？是誰打來的電話？」

「就是那位著名的私家偵探明智先生啊！他說是人命關天的事情，一定要等。他再三的交代我。」

「咦！明智偵探是這麼說的嗎？真奇怪。在這裡怎麼會發生人命關天的事情呢？……但是，既然是明智先生這麼說的話，那我就等一等好了。好，我到事務所去休息一下。」

笠原先生說著，拿著槍，和主任一起回到事務所。

不久之後，一輛汽車停在事務所的前面。明智偵探和小林下了車。主任出來迎接，請他們到事務所內。小林少年看到了在裡面休息的笠原先生，立刻為他介紹明智偵探。

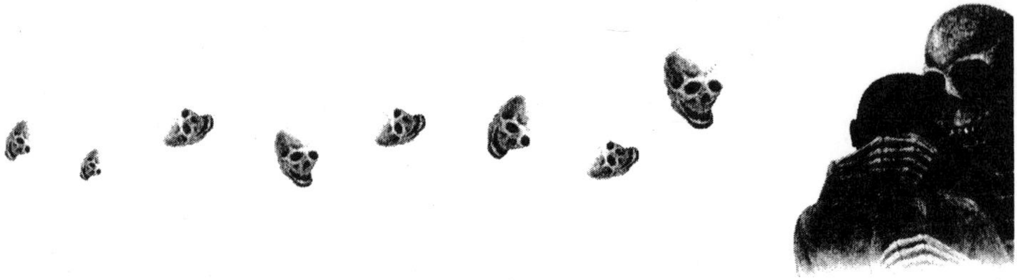

「是明智先生啊！初次見面，請多多指教。承蒙小林和少年偵探團的人的照顧，真是感激不盡。」

笠原先生很有禮貌的打招呼。

「聽小林說你的兒子失蹤了，我也很擔心。從現在開始，我也加入行列，幫忙找尋。」

「謝謝你！有名偵探鼎力相助，我就安心了。不過，你打電話來說不要進行射擊的練習，這到底是怎麼一回事呢？」

「因為我有點擔心。……也許是我想太多了，但是還沒檢查之前，不能夠教人安心。」

「你說的檢查是？」

「我要檢查射擊場的標靶。……有沒有人要拿著鐵鎚跟我一起去檢查啊？」

明智偵探拜託主任。主任吩咐在一旁的年輕男子跟著明智前往。

明智偵探帶著這名男子，走到標靶豎立的白沙山。二人後面則跟著小林、笠原先生及主任，還有想要練習射擊的另外兩名紳士。

來到標靶處，明智請拿著鐵鏟的男子，挖開擺在三個標靶後方正中央的沙。

男子將鐵鏟插入白沙山中，很快的剷著沙。

剷了五、六下之後，發現沙子底下出現奇妙的東西。

「不要弄傷他。把沙撥開。」

明智做出指示，男子放下鐵鏟，小心翼翼的把沙子撥開。這個奇妙的東西變得越來越大了。

「真的是裹著地毯的東西。各位，幫忙一下把他抬出來吧！」

於是大家合力把長長的地毯棒拉到沙外。

明智用手拍打捲起的地毯各處，解開了綁住地毯的繩子，讓地毯滾動，整個攤開來。

「啊！」

大家發出驚訝的叫聲。在地毯的正中央有一個空洞，一名少年被困在其中。

「啊！是正一！正一振作點！明智先生，他真的是我的孩子！」

笠原先生趕緊抱起手腳被綁住的正一，解開繩子，拿掉塞住嘴巴的東西。

「正一，你不要緊吧？有沒有受傷？」

原本好像昏倒一般軟弱無力的正一，張開了眼睛，哇的一聲哭了出來，緊抱著父親。

「好，好。沒事了。安心吧！以後絕對不會讓你遇到這樣的事情。」

正一並沒有受傷。地毯裡還有空氣，所以並沒有窒息。

「明智先生，謝謝你！如果不是你的明察秋毫，我可能會誤殺自己的孩子。太好了！太好了！明智先生，你是正一的救命恩人。正一，趕快向先生道謝。藉著明智先生和小林的幫忙，你才能撿回一命。」

這的確是個非常可怕的計謀。自己藏身在地毯棒中，把地毯運到笠原家，然後把正一困在地毯裡面運出，再埋入笠原先生射擊標靶後方的沙山裡！如果不是惡魔，怎麼會想出如此可怕的計謀呢？

還好明智小五郎能夠立刻察覺這一點，制止笠原先生的射擊行動。明智的智慧的確超人一等，不虧是名偵探。

幽靈

從此以後，笠原先生洋房的警戒就更加戒備森嚴了。不光是馬戲團團員，就連警政署的三名刑警也晝夜輪班，守在笠原家。

因此，廚房的工作增加了。除了原先的傭人之外，在明智偵探的介紹之下，有一位年輕的幫傭住到裡面來。她是一位十五、六歲的可愛少

女，動作十分俐落、靈活。

但是，這名年輕女傭有一個奇怪的毛病，那就是半夜會在家中到處走動。好像是不想讓人發現似的，總是悄悄的走動著。

在射擊場事件發生後五天的半夜，少女又離開自己的寢室，就好像小偷一樣，躡手躡腳的走在二樓的走廊上。

當傭人來到走廊的轉角時，突然停下腳步。因為她聽到了輕微的聲響。她躲在走廊的轉角，偷偷的朝聲音傳來的方向看去。

在微暗的走廊對面，發現奇怪的東西正在走著。原以為是刑警在巡邏，但並不是這樣。因為刑警不會擁有那麼可怕的臉。那個傢伙穿著緊身的黑色襯衫，臉則和骷髏一模一樣。

原來是骷髏男。骷髏男竟然進入了戒備森嚴的洋房中。當然，正一和御代子還在睡覺。傭人不知道該不該出聲叫醒大家。想了一會兒，終於下定決心，從轉角跳了出來，擋在骷髏男的面前。

這個大膽的舉動，令骷髏男也嚇了一跳。

骷髏男不敢大叫，只輕聲叫了一下就逃走了。

勇敢的傭人不斷的追趕著他。這個傭人到底是什麼來頭？為何能做出如此大膽的行為呢？知道少女追趕著他，骷髏男變得更慌張了。他在走廊上跑了一會兒，打開某個房間的門，逃到裡面去了。

少女站在門前，猶豫是否應該打開門。骷髏男也許會躲在門的內側等著撲向自己而加以攻擊。

少女透過鑰匙孔看裡面的情況。從鑰匙孔只能看見房間的一部分，可是卻沒有看到任何人。也許對方是躲在門後。

少女下定決定，轉動門把。結果發現門並沒有上鎖，一下子就把門推開了。走進房裡。……裡面空無一人。

這個房間是無人居住的空房，只有在角落裡擺了一張床。少女拍了拍在床上的墊子，檢查床底下，並沒有人躲在裡面。

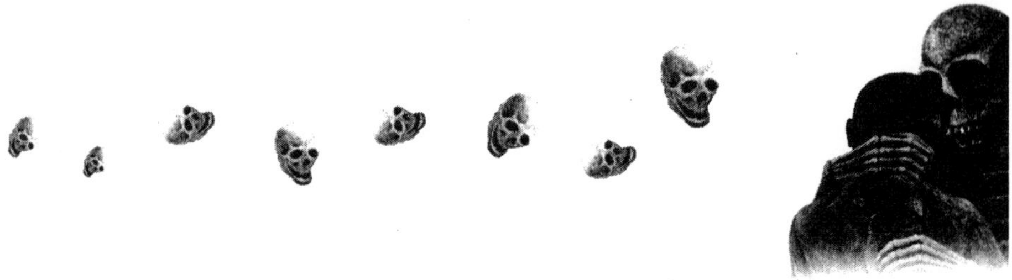

窗子鑲有鐵條，房間裡也沒有櫥櫃，因此不可能有躲藏的地方。骷髏男的確是跑進這個房間。但是，房間裡卻空無一人，他就像幽靈一樣的消失了。

少女趕緊跑下二樓，拿著手電筒，從後門跑到庭院去。

如果骷髏男從二樓的窗戶逃走，就一定會跑到下面的庭院中。因此她想要到下面確認骷髏男是否在那裡。

但是，在庭院中也沒有發現可疑的人影。難道這麼快就逃走了嗎？就算是這樣，但在庭院柔軟的泥土上，也應該會留下腳印才對呀！

少女從家的一端到另外一端，用手電筒照射著。仔細的檢查空房間窗下的地方，但是，卻沒有發現任何一個腳印。

笠原家是一棟獨門獨院的建築，所以不可能跳到隔壁的屋頂逃走。此外，空房間的旁邊有朝一樓方向稍微突出的狹窄屋頂，骷髏男應該是從那個屋頂跳到地面。

少女仔細的檢查屋頂下的地面，但這裡也沒有留下任何腳印。

難道他躲在狹窄的屋頂上嗎？於是她走到較遠處察看屋頂，結果並沒有發現可疑的人影。雖然是夜晚，但天空還有微光，是否有人躲在那裡，應是一目瞭然。

骷髏男應該是跑到樓下逃走了。而且並沒有在柔軟的地上留下任何腳印就逃走了。

能夠穿越堅固的窗子鐵條，實在是很不可思議。而且沒有留下任何足跡，更是令人百思不解。

難道這傢伙真的是幽靈？腳不需要碰到地面，就能夠在空中飄盪嗎？

少女回到屋內，告訴眾人這件事情，引起了很大的騷動。三名刑警立刻檢查二樓的空房間、牆壁、天花板及地板，但都沒有發現地下道。而鐵窗也沒有異狀。

大家用手電筒照著四周，仔細檢查庭院和圍牆外，很遺憾地，骷髏男並沒有遺留任何蛛絲馬跡的逃走了。

惡夢

到了第二天的半夜。

正一和父親笠原在同一個房間睡覺。

妹妹御代子還小，因此向學校請假，暫時把她安置在台東區的笠原親戚家中。所以御代子並沒有在這個房間裡。

這間寢室，就是兩天前骷髏男逃進的二樓空房間旁邊的寢室。窗子上還鑲了鐵條。

門外的走廊上有刑警和馬戲團團員坐在長椅上，毫不放鬆的監視。三名刑警和三名團員輪流監視到早上為止。

所以，骷髏男不可能會溜進來。正一非常安全。就算瞞過眾人偷偷的溜到寢室裡，強健的笠原先生也不可能讓骷髏男傷害正一的。

這時，正一正做著惡夢。

在微暗的天空，有一堆如豆子般大的東西撒了下來。不斷的往下落時變得越來越大。有很多像乒乓球般的白色東西落在正一的頭上。

仔細看這些白色的東西，有黑色的眼睛、三角型的鼻子和只露出牙齒的嘴。原來是骷髏頭。成千上萬骷髏頭撒了下來。

正一拼命的想要逃走，但是再怎麼跑，如雨滴從天而降的骷髏都不會停止。不管逃到哪裡，空中都佈滿了骷髏。

正一不斷的跑著，一不小心跌倒在地上。但頭上依然有骷髏撒下。乒乓球變成像碗、像盆子一般的大，瞬間歷歷在目。

咄咄逼人的骷髏臉，在眼前漸漸的變大。忽然滿天的骷髏不見了，最後眼前只剩下一個如巨人般骷髏的臉，而且朝正一逼近。

正一哇的驚聲尖叫。骷髏已張開可怕的嘴，咬著正一的肩膀不放。

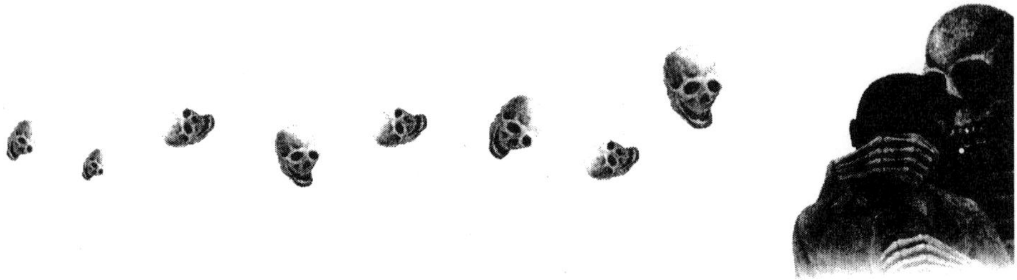

「喂！正一，怎麼回事？振作點。」

原來是爸爸下了床，想要搖醒正在說夢話的正一。

「做惡夢了嗎？」

感覺被骷髏咬住。原來是爸爸抓著正一的肩膀，搖晃著他。

「啊！我做了可怕的惡夢。不過已經不要緊了。」

正一用很有元氣的聲音回答著。爸爸打開在寢室旁邊的門，走進了盥洗室。

正一為了要讓爸爸安心，因此故作振奮的答話。事實上，他非常害怕，深怕睡著之後，又會做同樣的惡夢，所以不想睡著。

「爸爸怎麼這麼慢？還不快點從盥洗室出來呢？」

正一這麼想時，突然聽到盥洗室裡有東西倒下的聲音，而且傳來「嗚嗚」的呻吟聲。

正一嚇了一跳，鑽進被子裡。接下來就沒有任何聲音了，四周一片

寂靜。

「怎麼回事？難道爸爸在盥洗室裡跌倒了嗎？」

他戰戰兢兢的從棉被裡鑽出頭來，看著盥洗室那邊。

「啊！」

正一感覺心臟都快要從喉嚨迸出體外了。

那個傢伙在這裡。那個可怕的骷髏男，從房間的角落朝向這裡走過來。穿著黑色的緊身衣褲，戴著黑手套，穿著黑襪子，臉就好像從墳墓裡爬出來的骷髏一樣。

正一想要從床上爬起來逃走，但是，根本無法動彈。就好像是被蛇瞪著的青蛙一樣，只能眼睜睜的看著怪物，根本無力把臉轉開。也沒有辦法發出聲音或移動身體。

「嗚呼呼呼呼……你已經無路可逃了！跟我回去吧！」

骷髏長滿尖牙的嘴，不斷的抖動著，傳來可怕的聲音。

這到底是怎麼一回事？正一已經無法思考了。

就好像是先前惡夢的延續，骷髏的臉越來越逼近了。

正一死命的掙扎，終於發出了聲音。

「哇……」大叫著。同時不斷舞動著手腳抵抗。

但是，骷髏男如鋼鐵般的手臂，把正一從床上拖了起來。正一滾到地上，他跨坐到正一的身上，將布塞在他的口中。正一已經無法出聲了。

骷髏男不知道從哪兒掏出了兩根細麻繩，將正一的手反綁，腳也被綁住。

正一的身體飄浮在空中。原來是被骷髏男扛起，夾在腋下。接下來會把他帶到哪兒去呢？怪物想離開這間寢室嗎？

門外有刑警及馬戲團的團員在監視著。窗子上鑲著鐵條。盥洗室只有連接寢室，並沒有其他的出口。看來骷髏男又要使用魔法了。

先前進入盥洗室的笠原先生，到底在做什麼？為何不來救正一呢？

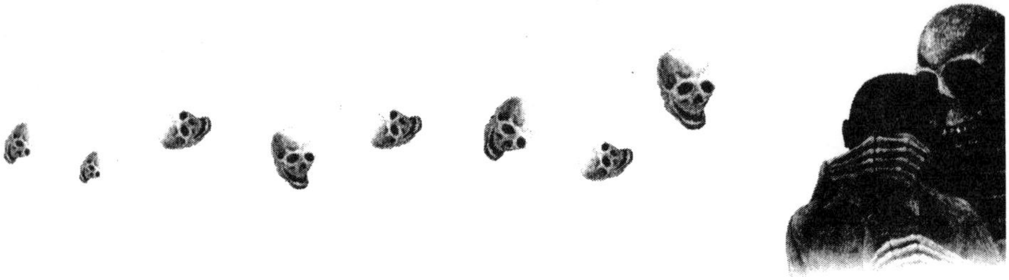

其實，笠原先生沒有從盥洗室走出來是有原因的。即使知道正一遭遇到悲慘的事情，他也沒辦法救自己的兒子。

到空氣中

在走廊上聽到正一先前傳出的叫聲。原本在長椅上監視的刑警和馬戲團團員趕緊站了起來。

刑警跑到門前，轉動門把。但是，房內上了鎖，門根本打不開。

雖然還有另外一把鑰匙，但是擺在另外一個地方。如果現在去拿鑰匙，可能會讓骷髏男趁機溜入門內，那就糟糕了。兩把鑰匙都由笠原先生保管。從寢室中可以開門，但從外頭卻無法把門打開。

「笠原先生，請開門！剛剛的叫聲是怎麼一回事？到底發生了什麼事啊？」

刑警大叫著，但裡面卻沒有回應。一片死寂。

「真奇怪。難道……」

「嗯！的確是正一的叫聲。不能再猶豫了。破門而入吧！把這扇門打破，到裡面去！」

馬戲團團員緊張的說著。

「好！那就由我來打破門。」

刑警說著，就退到走廊的盡頭，然後用力往前衝，想要破門而入。雖然聽到巨大的聲響，門並沒有被撞破，因為這扇門非常堅固。

在一陣騷動中，其他的刑警和團員全都跑來了。連可愛的傭人也跑了過來。大家的臉上都露出緊張、嚴肅的表情，因為彼此內心都在想著骷髏男的事情。那個如幽靈般的骷髏男，也許已經施了神奇的魔法偷偷的溜到寢室中。或許正一已經遇害了。

刑警試著撞了兩、三次門，每次都聽到巨大的聲響。到了第三次，

終於撞破了門板，露出一些縫隙。

面對縫隙再繼續撞，洞越來越大。大家合力拆掉門板，終於形成一個可供人出入的洞。

刑警和馬戲團的團員，一個接著一個從洞中進入寢室裡。

「咦，沒有人耶！」

寢室裡空無一人。正一和他的父親笠原先生都消失不見了。兩張床上只剩下毛毯和被子。大家分頭找尋床下和櫥櫃後方，但是，都沒有發現任何人影。

刑警打開兩扇窗子，檢查鐵條，都是完好如初，並沒有遭到破壞。所以不可能有人從這裡跑了出去。

可愛的傭人站在房間的角落，觀察著這一切。此時，突然傳來奇怪的聲音，好像是有人呻吟的聲音，而且聲音似乎是從盥洗室內傳來的。

傭人趕緊跑去打開門。

「啊！糟糕了！團長先生怎麼會在這裡……」

大家遍尋房間各處毫無所獲的笠原先生，此時卻被傭人發現在盥洗室內。

大家聚集了過來。

穿著睡衣的笠原先生，手腳全都被繩子綁住，而且被人用毛巾塞住嘴巴，倒在洗臉台下。能夠聽到他的呻吟聲，是因為傭人的耳朵很靈敏。

大家忙著為他解開繩子，拿掉塞住嘴巴的東西。笠原先生說：

「那傢伙到哪裡去了？抓到他了沒有？」

同時看看四周。

「那傢伙是誰啊？誰在這裡？」

一名刑警問道。

「是骷髏啊！當我進入盥洗室時，那個傢伙從後面攻擊我。他的手臂就像鋼鐵一般的強壯，我抵擋不住，一下子就被綁住了。……對了，

正一呢？那傢伙是否劫走正一呢？正一平安無事嗎？他在哪裡？」

「這個嘛……正一不知道到哪去了，而且骷髏男也不見了。」

「怎麼會發生這種事情呢？正一就在對面的床上睡覺啊！難道他又遭遇不測？難道骷髏男又擄走他了嗎？他們兩人不可能憑空消失啊！如果不是你們破門而入的話，門是一直緊閉著，而且窗子又鑲有鐵條。這個房間的天花板、牆壁、地面都沒有地下道。骷髏男和正一究竟是如何出去的？」

「這我們也不知道。他們就好像融入空氣中消失似的。」

刑警回答。

於是笠原先生也和大家一起搜尋寢室。整個住宅從房間、庭院到圍牆外都仔細搜索。可是並沒有發現骷髏男離去的任何痕跡或腳印。

難道怪人骷髏男真的會變魔術嗎？好像真的融入密室的空氣中似的消失了。

但是，這個故事並不是怪談。骷髏男看起來像是妖怪，可是世界上應該沒有妖怪。即使再如何不可思議，也一定是人類做出來的事情。

如果是人類，就不可能像煙一般的消失，一定是有些秘密的機關。

那麼，到底是什麼秘密機關呢？

魔術種子

就在正一和骷髏男一起消失的第二天，調查骷髏男的搜查總部設在警察局。過了中午之後，笠原先生及刑警們都到那裡去。除了負責看守的刑警之外，笠原家中並沒有任何人出入。

趁著這個空檔，那位很想當偵探的年輕小傭人到了二樓，溜進正一被抓的寢室，在房間裡仔細的搜索。尤其是鐵窗。

在鐵窗下方是用兩根螺栓固定。螺栓就是在鐵棒前端的螺絲鑲著六

角型的螺帽組成的東西。

「奇怪？沒看過這種鐵條的安裝方式。」

傭人用好像男孩的聲音說話，然後再檢查鐵條上方。

「啊！我知道了。」

傭人大叫著匆匆跑出寢室。不知道從哪兒找到了扳手，然後又跑了回來。拿著扳手的右手從鐵窗的縫隙伸到外面，然後扭轉鑲在下面六角型螺帽的螺絲。分開了兩個螺帽，接著雙手抓住鐵條往外推，一下子鐵條就朝對面打開了。鐵條上方有著不仔細看根本無法發現的絞鏈，因此鐵窗才能朝對面打開。

鐵窗的右側和左側都各自由四個螺帽鑲著，因此這是假鐵窗，只安裝了螺帽，卻沒有螺栓，所以，只要鬆開下面兩個螺帽，鐵窗就能藉著上方的絞鏈打開。

「這樣就解開寢室之謎了！」

傭人又以男孩般的聲音自言自語著。然後跑到隔壁的空房間檢查那裡的鐵窗。結果，發現和這裡的機關相同，只要鬆開下側兩個螺帽，就可以把鐵窗打開。

前天晚上骷髏男跑到這個房間後消失，就是跑到鐵窗外之後使螺帽還原，然後蹲在與一樓之間的狹窄屋頂上躲起來。

當傭人用手電筒照著庭院的足跡時，他又鑽回房間裡躲藏。

而正一被抓走時，他也是打開了寢室的鐵窗逃走了。但是，後來檢查庭院，並沒有發現留下足跡，這又是怎麼一回事呢？當時擠滿了人，因此他不可能回到寢室。

傭人一直思考著這個問題。不過，還是無法解開謎團。突然想到從鐵窗到窗下屋頂的方法。

只有面對庭園的一側，在一樓的部分朝外突出，連接著一公尺寬的屋頂。

傭人像貓一樣的趴在屋頂上，鑽進旁邊寢室的窗內。而在這邊的空房間和寢室之間的牆壁前，發現了奇怪的事情。

那裡的屋頂寬五十公分、長二公尺，和其他屋頂的顏色不同。觸摸後發現並不是使用瓦片，而是用鐵板打造的。顏色和形狀都和瓦片一模一樣，只是將鐵板打造成瓦片的形狀，塗成和瓦片同樣的顏色而已。

傭人將手攀在細長的鐵板上拉拉看，結果，就好像有絞鏈的機關一樣，鐵板被打開了。因為是薄的鐵板，所以並不重。

「啊！原來那傢伙就是躲在這裡。」

傭人發現鐵板下有一個細長的空洞，這是可以容納一個人側躺的空間。

用力把鐵板一拉，就在拉開的同時，傭人「啊！」的叫了起來，全身無法動彈。

因為他發現了驚人的東西。哇！這是怎麼一回事呢？在空洞中，看見了手腳被綁住、嘴巴被塞入東西的少年，軟弱無力的躺在裡面。

原來是正一。被骷髏男擄走的正一，竟然被藏在這種地方。

這到底是怎麼一回事呢？骷髏男並沒有擄走正一。那個傢伙就好像是前一天在空房間內消失時一樣，又回到了家中嗎？的確如此，在庭院中並沒有留下任何的腳印，這就是最好的證據。

還有一點令人不解的地方。那就是骷髏男並沒有逃出去，一直躲在家中，他到底是躲藏在何處呢？照理說，眾人應該會發現他才對啊！骷髏男究竟是如何瞞過眾人的眼睛呢？

傭人忘記要救出躺在屋頂空洞中的正一，只是不斷的思索著該如何解開這個不可思議的謎團。閉上眼睛，集中精神，不斷的思考著。

就在思考的時候，傭人的臉越來越蒼白，眼睛瞪得很大，嘴巴微微張開，就好像人偶一樣，身體無法動彈。

「啊，太可怕了！怎麼可能會發生這種事情呢？」

傭人用顫抖的聲音自言自語著。這是男孩的聲音。

「一定是這樣的。我要確認看看。也許真是如此……」

傭人這麼說著，悄悄的再把屋頂的鐵板關上，決定不救出正一。雖然很同情正一，但是，為了確認這個可怕的事實，必須暫時讓他留在原處才行。

可愛的傭人一臉蒼白的回到房間，將鐵窗的螺帽還原固定，跑下了樓梯。

洞窟的怪人

這一天傍晚，扛著大皮箱的一名男子來到笠原家的玄關拜訪。

對方是一位穿著寬鬆的西裝，戴著鴨舌帽，鼻子塌陷，眼尾下垂，嘴巴張得大大的，年約三十五、六歲的男子。

這時笠原先生已經從搜查總部回到家裡，他在玄關請問對方有何事情。這名男子說：

「我是位周遊各地的腹語術師。我想在您豪華馬戲團的表演中應該用得上腹語術。我的腹語術絕不輸給東京的名人，要不要試試看呢？拜託您了！」

「是嗎？我的確是需要一位腹語術師。你先進來再說吧！」

笠原先生說著，請腹語術師到客廳。

家中的人全都聚集在那裡，欣賞腹語術的表演。

刑警們已經撤退了，只有三名馬戲團團員和傭人們充當觀眾。

「咦！怎麼只有一位傭人呢？那位新來的年輕傭人到哪裡去了？」

笠原詢問時，年長的傭人回答道：

「那個孩子下午臉色蒼白，訴說身體不舒服，想要請假回去，不知道回去了沒有。」

「哦！是嗎？那孩子有點奇怪。」

笠原這麼說著之後，便命令腹語術師表演。腹語術師打開扛來的大皮箱，拿出像十歲孩子般大的兩個人偶。一個是日本男孩，另外一個是黑人男孩。

交互使用兩個人偶，進行各種有趣的腹語術表演。表演結束後——

「實在太棒了！很好，很好！你就加入馬戲團的行列吧！關於薪水的問題，到我的房間裡再商量。請跟我來。」

笠原先生說著，離開了客廳。腹語術師將兩個人偶再度塞進大皮箱裡面。提著皮箱，跟在笠原先生的身後離去。

三十分鐘之後，腹語術師好像對薪水很滿意似的，微笑著離開了玄關。當笠原先生離開後，他還是扛著大皮箱站在門外。

在距離門口五十公尺處，一輛豪華汽車等待著。腹語術師鑽進了汽車，車子往西開走了。

周遊各地的腹語術師，竟然有如此豪華的汽車等著接送，的確很奇怪。他應該不是有錢的人。

更奇怪的就是，當腹語術師靠近車子時，在車子後面的行李箱裡擺著同樣大小與品牌的皮箱，而這個皮箱的蓋子往上打開兩公分，有兩顆眼珠由縫隙裡往外偷看。在汽車的行李箱中到底躲著什麼人呢？

腹語術師並不知道這一點。他對駕駛做出指示後，車子立刻往西駛去。

終於來到了京濱國道。越過橫濱時，已經日落黃昏，四周非常黑暗。

車子繼續往西開去。四周越來越荒涼，車子進入山路，轉了好幾個彎之後，開始爬坡。終於來到大山的入口。

離開笠原家後大約過了三小時，汽車終於停下來，到了樹木林立的山中。這位腹語術師到這個地方到底打算要做什麼呢？

他還是扛著大皮箱，下了車。

「喂！打開手電筒，先行照路。」

他命令駕駛，而自己則將大箱子扛在肩上。看來似乎很重。

藉著手電筒的光，兩人往森林中走去。

空無一人的汽車留在漆黑的山路上。當兩個人的身影消失在森林中時，汽車後方的皮箱蓋打開了。一個人從裡面迅速鑽了出來。

他是十五、六歲的男孩。男孩通過汽車的車頭燈前時，可以看到他的臉塗成黑色，頭髮很長，穿著破爛的衣服。是一個看起來像乞丐般的少年。

乞丐少年追趕著腹語術師，進入了森林中。

扛著皮箱的腹語術師和駕駛，朝著蜿蜒的森林小徑，走了約一百公尺，終於到達一個燒炭小屋。

小屋中好像有人，可以看到油燈的光亮。

腹語術師來到小屋前，卸下皮箱。咚、咚咚咚、咚、咚咚咚，以奇

怪的方式敲著小屋的門。聽起來像是一種暗號。

門從裡面打開了。一位頭髮蓬亂、蓄著鬍鬚穿著卡其色工作服，看起來像是燒炭的四十多歲工人探出頭來，用可怕的眼睛看著他們。

「是我，同志。那傢伙怎麼樣啦？」

腹語術師用粗魯的語氣說著。

「哦！是你啊？那傢伙還是一樣，整天沉默不語，好像在思考什麼似的。一直都是那個樣子。」

「有沒有吃東西啊？」

「嗯！有吃，死不了的。」

「那就不要緊啦！我去修理他。」

腹語術師說著，扛著大皮箱，走進小屋內。

小屋內有個三坪大的小房間，另外還有一個泥土房，那裡堆放著許多柴火，而木板房裡鋪著薄蓆子（帶邊的蓆子），正中央則有炕爐。被燻黑的天花板上垂掛著一盞油燈。

「像平常一樣，你來帶路吧！」

腹語術師這麼說著時，燒炭男子走到房間的角落，扯下帶邊涼蓆，然後咚咚的敲打下方的木板，把板子往上抬，結果露出了一公尺見方的蓋子。

蓋子下面是深深的洞穴。可以看到用石頭砌成的石階。

「還是由你用手電筒照路，先走吧！」

腹語術師命令駕駛，而自己則扛著大皮箱一階階的往下走。

走到第十二階的階梯，有一個橫洞。這是可以站著走路的隧道。往前走了一會兒，正面是非常堅固、上了大鎖的木板門。

用鑰匙打開了鎖，裡面是一個陰暗的房間。裏頭好像有東西在動。

駕駛啪的，將手電筒的燈光往那裡照去。

在光線中出現了一個人！但這可以算是人嗎？頭髮和鬍子都長得很

長，隱約可見蒼白瘦弱的老人的臉。穿著破爛，連胸口都敞開了，看起來就好像骷髏一樣。

哇！這個可憐的老人到底是誰呢？還有那個可疑的腹語術師的真正身份是什麼呢？他的大皮箱中真的只是裝著人偶嗎？

乞丐少年

從汽車皮箱裡鑽出來的少年，一直跟著腹語術師等人。看到兩人進入燒炭小屋之後，他就繞到小屋的窗外，縮著身子，從門板縫隙看著小屋內的情景。

他也看到腹語術師和駕駛掀開小屋的地板，進入裡面的情形。這個小屋有地下室。乞丐少年看見這個情況，好像想起什麼似的，繞到小屋入口的木板門前，從外面咚、咚、咚的敲門。

「誰在敲門啊?」

裡面傳來燒炭男子驚訝的聲音。

乞丐少年竊笑著,繼續咚、咚、咚的敲著門。

「誰啊!真吵。有什麼事啊?等等,等等。就來啦……」

男子的聲音接近門口,聽到木板門打開了的聲音。

「咦!奇怪,沒有人啊!剛剛不是有人敲門,人在哪裡啊?」

男子看著黑暗的門外,一臉不解的說著。

等了一會兒之後,因為沒有人出現,於是男子關上門,又回到小屋內。這時又聽到咚、咚、咚用力的敲門聲。

「畜生!煩人的傢伙!還敢惡作劇。難道是狐狸作怪嗎?好,等我抓到你再說!」

用力打開門,蓄著一臉大鬍子的燒炭男子跳到外面去。這時對面的樹叢中傳來聲響,男子逕自往那裡跑去。

趁著這個空檔，躲在小屋旁、長線搖晃對面樹叢的乞丐少年鬆開了線，偷偷的從門口溜了進去。跑到先前在窗外看到的地下道的入口處，打開了蓋子，溜進地下室躲起來。

「真的是狐狸。逃到哪去了？惡作劇的狐狸，真討厭！」

男子嘟囔著回到小屋。因為地下道的蓋子已經恢復原狀，所以他並沒有察覺到乞丐少年進入了地下室。

男子盤腿坐在炕爐旁邊，抽著煙。

乞丐少年躡手躡腳不出聲的走下地下室的石階，站在門邊豎耳傾聽。聽到門內傳來腹語術師的聲音。

「笠原先生，我帶了有趣的禮物給你哦！現在我就要把他從皮箱裡拿出來給你看看。」

咦！笠原先生什麼時候來到這個山中呢？少年覺得很不可思議，從板門的縫隙往裡面看。這是一扇如銅牆鐵壁般的堅固板門，但因為打造得不是很好，所以露出許多縫隙。
往裡面一看，發現異樣的光景。
坐在正面的是一位瘦弱憔悴的老人。頭髮捲曲，鬍鬚留得很長，就好像是罹患了重病的人一樣。
胖胖的腹語術師在老人面前擱下了大皮箱，準備打開。站在一旁的駕駛用手電筒照著皮箱。並沒有看到笠原先生。
少年覺得心跳加快，持續從門縫往裡面瞧。
「喂！這就是禮物！」
腹語術師啪的打開了皮箱的蓋子。啊！皮箱中有一名手腳被綁住的少年。
腹語術師扛出少年，把他扔在老人面前的水泥地上。
少年的手腳都被綁住，嘴裡塞著東西。
「啊！是笠原正一！」

乞丐少年不禁喃喃自語的說著。

比乞丐少年更驚訝的是憔悴的老人。老人搖搖晃晃的站了起來，來到滾落在地的少年身邊。

「啊？你不是正一嗎？嗯！原來不只是我，連你都受苦了。混蛋！混蛋！你為什麼要加害於我們呢？說出理由來！」

老人用嘶啞的聲音大叫著。

「問問你自己啊！我只是那個人的手下，詳細情形我也不知道，看來他似乎很恨你。」

腹語術師漫不經心的回答。「那個人」指的是誰呢？

「嗯！我完全不了解，也不知道你們的首領到底是誰？我根本不認識他。他為什麼要這樣折磨我呢？我只是豪華馬戲團的團長，其他的我什麼都不知道。為什麼連我的孩子也要遭到這種虐待呢……」

「這也不算是什麼虐待啊！為了讓你們父子團圓，所以才好心的把他帶到這裡來。還有他的妹妹御代子，不久之後也會來到這裡的。哈哈哈哈……」

腹語術師好像嘲笑他似的，大笑了起來。

一直看著這一切的乞丐少年，有一種難以言喻的感覺。這到底是怎麼一回事呢？這個憔悴的老人是真的笠原團長，那麼，另外一個笠原團長應該就是冒牌貨囉？

骷髏男的真實身分

後來在地下室到底發生了什麼事情呢？以後就會知道了。先換個話題，也就是三天後發生的事情。第三天下午，名偵探明智小五郎前往笠原團長的洋房拜訪。

明智想要談談關於骷髏男的事情，因此，笠原先生禮貌的請他到客

廳，坐在桌前的椅子上。隨後傭人就端來了咖啡。

「明智先生，你所介紹的那位年輕傭人，三天前身體不適，請假回家之後就沒有再來。昨天我打電話到你的事務所去。他的身體真的很不好嗎？」

笠原先生擔心的問道。

「不，這是有原因的。那個孩子並不是生病，但是，不會再回到這裡來了。」

明智說著奇怪的話。

「咦！這是怎麼一回事呢？」

笠原先生面露奇怪的神情問道。

「稍後再告訴你。在此之前，我想告訴你，今天我帶來了有趣的東西。我們先看看吧！」

明智說著，取出帶來的包袱，從裡面拿出令人驚訝的東西。

「啊！這是……」

「骷髏男所戴的假面具。我終於得到這個東西。不光是這個，骷髏男的秘密我也已經都知道了。」

明智偵探一直看著笠原先生。

「咦！骷髏男的秘密……」

笠原先生非常驚訝，臉色大變，打算從椅子上站起來。

明智將骷髏頭放在桌上，開始說明。

「那傢伙戴著這個東西嚇唬大家。你看，就是這樣戴的。」

明智說著，雙手捧著骷髏頭，戴到自己的頭上。明智看起來就好像突然變成可怕的骷髏男似的。

「就是這樣假扮成妖怪，並不是真的有一張骷髏臉。因為要從頭上套下去，所以這個骷髏比人的臉還要大，因此看起來更為可怕。當然，這只是假的。」

笠原先生聽了並沒有特別驚訝，只是手臂交疊，閉著眼睛，好像睡著了似的。明智繼續說道：

「骷髏男在馬戲團的帳篷裡、大型巴士中以及家中，經常像煙一樣的消失。其秘密就在於這個骷髏面具。可能是躲到某個地方摘掉骷髏面具，變成另外一個人。

只要先準備好另外一套服裝，換了服裝，就更認不出來了。犯人一定準備了另外一套服裝。

從這個房子二樓房間消失的秘密，還有第二次骷髏男和正一一起消失的秘密，我再告訴你吧！這個秘密是由我的少年助手小林發現的。雖然沒有通知你，但事實上我派來這裡擔任傭人的就是小林。」

「咦！小林嗎？」

笠原先生閉著的眼睛突然張開，很奇怪的問道。

「小林假扮成女孩，成為這裡的幫傭，找尋各種線索。」

明智說明二樓的鐵窗是用絞鏈連接的，可以打開，而且在屋頂有可以躲藏的地點。將假扮成幫傭的小林少年發現的秘密說了出來。

「但是，就算有這樣的機關，仍然有一個無法解開的謎團。就是在屋頂可供躲藏的場所只能夠躲一個人。如果正一躲在裡面，那麼骷髏男就沒有地方可以躲了。骷髏男並沒有到庭院去，因為庭院裡並沒有留下他的腳印。那麼，骷髏男到底躲到哪裡去了呢？

後來刑警們在這房子內外不斷的搜查，始終沒有發現任何可疑的傢伙。這是怎麼一回事呢？因為這存在著一個可怕的秘密。」

明智說到這裡暫時打住，看著笠原先生。笠原原本閉著的眼睛啪的張開，看著明智，笑了起來。

「哦！那麼你已經知道這個秘密了嗎？」

「是啊！秘密已經曝光了。笠原先生，犯人一直都在眾人面前，只是沒有人懷疑他。為什麼沒有人懷疑他？因為大家都認為這個男子是被

害者。

骷髏男經常出現在豪華馬戲團中，以致於沒有客人敢前往觀賞，因而蒙受最大損失的就是笠原先生你。

骷髏男攻擊正一。正一是你的孩子，感到最痛苦的，當然也是你。所以，沒有人會想到你竟然戴上骷髏面具，假扮成骷髏男。這就是你可怕的秘密。

大型巴士裡骷髏男的消失，大家都被巴士地板的地下道所騙了。事實上，這全都是你一個人自導自演。你和骷髏男是同一個人，當然不可能被他打倒在地。

揭開這個秘密的是小林。三天前，你的手下腹語術師扛著裝了正一的皮箱上車，然後到大山山中的燒炭小屋去。小林假扮成乞丐少年，躲在汽車後面的行李廂。所以立刻就發現燒炭小屋的地下室躲著人。

笠原先生，這件事情警察也知道了。你的手下腹語術師、駕駛以及扮成燒炭工人的男子都已被逮捕，關在地下室。真正的笠原先生和正一已經獲救了。

咦！這麼快就把手槍對準我啦？不過，在我的記憶中你不是不喜歡殺人嗎？」

明智偵探迅速的從口袋裡拿出小型的黑色手槍，放在膝上朝向笠原的身體。

笠原露出懊惱的神情，瞪著明智。雖然想要開槍，但是對方捷足先登，因此並沒有伸出口袋裡的手，反而露出奇怪的笑聲。

「哇呵呵呵……不愧是名偵探，調查得真夠仔細。小林這個少年真是狡猾，連我都沒有發現到他竟然假扮成傭人。

但是明智，你打算把我怎麼樣呢？沒憑沒據的，你也拿我無可奈何呀！」

笠原大言不慚的說道。

「要看證據，就讓你看看吧！把傭人叫來。」

傭人來了。明智請他將等在玄關外的人全都叫了進來。不久之後，在傭人的帶領下，一名老人來到客廳。雖然穿著新的西裝，但是神情依舊憔悴。他就是那個被關在地下室的老人。

老人被關在地下室一年，相當的孱弱憔悴，看起來像個老人。但事實上他和笠原年紀相同，原本非常強壯。

「笠原先生，這位就是豪華馬戲團真正的老闆笠原太郎先生。笠原老闆，他就是一年來一直假扮成你的男子。」

明智做著奇妙的介紹。

真正的笠原先生憤憤地走向桌前，假冒的笠原立刻從椅子上站了起來，兩個人正面相對。才短短的兩分鐘，兩個人已經臉色蒼白，身體發抖，互瞪對方。

「啊！明智先生，我真的沒想到，十五年前的遠藤平吉並不是這樣的相貌。但是，這傢伙是變裝名人，可以喬裝改扮成任何人。現在這傢伙的臉和一年前的我一模一樣。」

真正的笠原先生，用嘶啞的聲音說道。

「昨天我和明智先生交談時，終於想起來，會讓我有如此悲慘遭遇的人只有遠藤平吉。遠藤和我在年輕時都是豪華馬戲團的表演人員。當時豪華馬戲團團長把下一任的棒子交給我，遠藤非常嫉妒，於是悻悻離開了馬戲團。

不，不僅如此。三年前，遠藤做了壞事被警察抓住的時候，我是證人。我做證說明那件事情的確是他做的。結果遠藤更是對我懷恨在心，因此才會這樣報復我。不光是我，甚至連我的孩子都不放過，要讓我痛苦一輩子。」

真正的笠原先生說到此處就住口不語。接著，明智站起身來。

「你的本名是遠藤平吉，三年前我就聽過了。

但是，現在的你，應該不是用這個名字吧！而且臉和當時也完全不同了吧。

你有二十張臉。不，應該說你有四十張臉！」

明智偵探說著，就用手指著假的笠原。

「喂，二十面相！不，也許應該叫你四十面相吧！這樣你可能會高興點。總之，你要倒大楣了。這棟房子的四周已經被二十名警察包圍，你根本無處可逃！」

名偵探與二十面相

「你和笠原先生有深仇大恨，因此，看到豪華馬戲團生意興隆，就開始報仇。但是，你的目的並不只是如此而已。」

明智偵探用可怕的表情瞪著二十面相。二十面相則目中無人的笑道：

「哇哈哈哈……，當然囉！我還有其他的目的，除了笠原外，我更恨另一個傢伙，那就是你，明智小五郎。」

笑容霎時就變成可怕的表情。二十面相咬牙切齒。

「因為你，我不知道遇到了多少次悲慘的事。每一次都是你在阻撓我，把我關到牢裡。但是明智，對我而言，監牢的鐵窗形同虛設，我總是能夠輕鬆的逃離牢房。你想，這是為什麼呢？沒什麼，就是因為我想要復仇，我一定要讓你投降。

你知道嗎？明智，事實上這次的骷髏男也是為了對付你。當然，我一向討厭殺人。那個射擊場事件並不是真的要殺死正一，只是想試試你的手腕。

如果你笨到沒有阻止我，那麼，我就會故意沒有瞄準，這樣就不會射中正一了。哇呵呵呵……，你連這個都不知道，還慌慌張張的趕到射擊場來。」

聽他這麼說，明智笑著說道：

「是嗎？這麼說來，你是要和我鬥智囉？那麼我們就開始鬥智吧！你想從這裡逃走嗎？有沒有什麼可以逃走的法子呢？

這個客廳裡，我和笠原有兩個人，你只有一個人。而且你也看到，我已經把手槍拿出來了。同時，這棟房子周圍有二十名警察包圍著。不只如此，我還有另一招呢！到底是哪一招，現在我不說。

現在，就看你要怎麼運用智慧，突破重圍逃走呢？」

「哇呵呵呵……喂！明智，你好像一副已經勝利在望的樣子。但是真的沒問題嗎？如果你有一招，那麼我也有一招啊！關於這棟洋房，你想我是真的在這些事件發生之後才急忙買的嗎？並非如此。在此之前，這也是我的巢穴之一，否則二樓的鐵窗怎麼可能可以用鉸鏈打開，而屋頂又怎麼可能會有可以藏人的地方呢？

哇呵呵呵……，怎麼樣？你的臉色似乎有點難看。是啊，因為你不知道這棟房子裡到底有哪些機關。明智，你要小心點哦！你的臉色怎麼這麼難看呢？」

二十面相繼續嘲笑明智。

但是，明智根本若無其事，因為他已經知道二十面相的秘密了。

「哦！那麼你就運用你的秘密機關逃走啊！哈哈哈哈……，請你試試看哪！」

「哦？可以試試看嗎？」

「當然可以，請便！」

「好，那麼就是這個。」

二十面相站了起來，啪的倒退兩、三步。聽到喀噹的聲音，身影立刻消失。

不，不是消失，而是客廳的地板有個通往地下道的蓋子。打開蓋子之後，二十面相的身體就掉落在地下室。

看到這種情況，明智偵探跑到窗邊，對空鳴槍，好像是在發射信號似的。

甕中捉鱉

明智偵探跑到地下道的入口處，裝有彈簧的蓋子又再度還原了。

「明智先生，怎麼樣都打不開，好像從下面鎖住了。」

真正的笠原先生，想要用雙手手指去打開地下道的蓋子，但卻始終打不開。

「不，不是這樣的，只要按按鈕就可以了。找小小的按鈕。」

明智說著，立刻仔細的檢查。發現桌下的地板上有個按鈕，於是趕緊踩按鈕。

隨即聽到卡噹的聲音，通往地下道的蓋子又打開了，露出一片漆黑的四方形大洞。

這時，從走廊傳來雜沓的腳步聲，五名警察跑了過來。其中也包括了和明智偵探非常熟悉的警政署的中村警官。

「聽到鳴槍的信號後，我們就過來了。啊！那傢伙逃到地下道去了嗎？」

「是啊！大家一起來吧……哦！對了，最好留一個人在這裡看守，如果他再度逃走，那可就糟糕了。」

明智說完，趕緊跳入一片漆黑的四方形洞中。洞裡並沒有梯子，因此只好抓著洞的邊緣跳了下去。

中村警官留下一名警察，自己則和另外三個人陸續跳到地下道裡。為了以防萬一，每個人都掏出手槍，以便隨時可以開槍。

這時，一片漆黑的地下道，啪的亮起了一道白光。是明智打開了手電筒。

手電筒的光照著地下道。發現這裡好像隧道一樣一直通往對面。對面轉角有人影一閃，二十面相逃走了。

「二十面相，等等！」

中村警官的叫嚷聲傳遍了整個地下道。

藉著明智的手電筒，大家跑到隧道轉角，看到二十面相已經逃到對面。

二十面相不斷的跑著，終於來到了隧道的盡頭。那裡有一個緊閉的鐵門。二十面相從口袋裡掏出鑰匙，打開門。

只要踏出這道門，眼前就是一片草原，接下來要逃到哪裡都可以。

但是，就在打開門的瞬間，二十面相「啊！」的叫了一聲，後退了幾步。

怎麼一回事呢？後面不是有明智和四名警察在追趕他嗎？

原本應該可以逃走，但是沒想到鐵門外竟然有五名警察在等著他。

門一打開，警察全都進入了隧道裡。

隧道只有一條路，前後都有警察，根本無處可逃了。二十面相終於成為甕中之鱉了。

看來應該已經沒有問題了，但或許對方還有最後的絕招，所以絕對不能夠掉以輕心。

警察們從隧道兩邊包夾中間的二十面相。

啊！怎麼回事啊？即使用手電筒照，但還是看不到二十面相，難道隧道裡有其他的叉路嗎？

「在這裡！抓到了！」

大叫的聲音傳遍整個隧道空洞中。

「在哪裡？」

「在這裡！在這裡！」

隨著聲音傳來的方向跑了過去。明智用手電筒照亮道路，接近時，

突然啪的一聲，有人打落了他的手電筒。剎那間光線消失了，四周變得一片黑暗。警察隊沒有人準備手電筒，無計可施。

黑暗中顯得一片混亂。

「喂！做什麼？是我，是我，是同志。」

是警察的聲音。同志之間竟然互相抓住對方。

「喂！大家趕快守住入口，免得他趁亂逃走。」

中村警官大叫著。

「不要緊，入口外面還留了兩個同志在守候著。」

一名警察答道。

「來人哪！把手電筒拿出來，這裡這麼暗，根本沒辦法行動。」

聽到中村警官的聲音，一名警察趕緊跑向鐵門的方向。

黑暗中的混亂一直持續著。

「啊！好痛啊！是我，是我。」

「二十面相！你躲在哪裡？快給我出來！」

「在這裡的是我啊！」

「是我啊！你弄錯了！」

「好痛啊！別打我！」

「喂！二十面相！啊？不是啊？」

黑暗中的吵鬧持續了五分鐘。終於看到入口處有好像怪物眼珠般的手電筒的光芒朝這裡接近。

原來是一名警察用雙手拿著手電筒照著路，跑了過來。

絕招

中村警官接過一個手電筒，陸續照著站著、蹲著的警察們。然而出現在光中的只有明智偵探和警察，並沒有二十面相的打扮者。

「各位！大家再退回兩邊的入口守候，我和明智先生再仔細搜查一遍。」

中村警官說道。警察們退到兩邊的入口，中村和明智兩個人各拿一支手電筒，在隧道中慢慢的搜尋，但是，並沒有發現可疑的人影。

「消失了。難道那傢伙又施出隱身術了嗎？明智，這到底是怎麼一回事啊？」

中村警官懊惱的說道。

「到外面去看看，我已經知道那傢伙的魔法底細了。」

明智說著，先行朝鐵門的方向走去。

大門外有水泥梯，爬上水泥梯就來到廣闊的草原。

洞的入口非常狹窄，只能夠讓一個人勉強通過。這裡有草覆蓋，因此沒有人會發現這是地下道的入口。這個入口平常沒有使用時，就蓋上蓋子，在旁邊放一個石塊做為記號。

草原上站著七名警察，包括先前進入隧道的五名警察以及在外面守候的兩個人。

已經是黃昏時刻，天色微暗。

「你們最後留在這裡的是哪兩個人？」

明智問道。兩名警察走了過來。

「我們一直監視著這個入口。」

「哦！那麼先前有幾個人進去呢？」

「五、六個人吧！對了，的確是六個人。」

「六個人？但是這裡除了你們之外，只有五個人啊！」

「不，另外一個人先出來了。」

「哦？就是那個來找手電筒的警察嗎？」

「不，不是的。那個人跑出來說要找手電筒，然後又鑽進洞裡去。

接著又出來另一個警察。」

「真奇怪。我先前在地道中數過進去的警察人數，的確是五個人，而這五個人都在這裡。你說還有一個人出來，五個人變成六個人。到底你們認不認識那個單獨出來的警察呢？」

「不認識。今天是警政署和轄區警察（管轄該地區的警察）共同來此執行任務，所以有很多不認識的人。」

「那麼那名警察到哪裡去了呢？」

「不知道。他說奉中村警官的命令，要到附近的派出所打電話，然後就往那裡跑去了。」

「奇怪。我並沒有命令誰去打電話啊！」

中村警官驚訝的大叫。

「那麼，那名警察手上有沒有拿東西呢？」

「有，拿著好像包袱一樣的東西夾在腋下。」

「我知道了，他就是二十面相。」

明智冷靜的說道。

「咦！那個警察是二十面相？」

中村警官驚訝的說道。

「是的，除此以外不可能有其他的人了。那傢伙為了以防萬一，早就準備好警察的制服，藏在隧道中的某處。

先前打落我的手電筒的，就是那個傢伙。在隧道變得一片漆黑、大家亂成一團的時候，那傢伙已經脫掉外衣，換上警察的衣服，然後把外衣捲成好像包袱一樣的東西夾在腋下，若無其事的走出地道。

來這裡的二十名警察不見得全都互相認識。看到穿了制服、戴著警帽的人，就以為是同事。而且現在已經有點暗了，當然也看不清楚對方的長相。」

聽到明智偵探的說明，中村警官「嗯嗯」的應了兩聲。假扮成警察逃走，的確是個狡猾的傢伙。

「那麼，要趕緊安排布置警戒線了。」

中村警官慌張的說道。明智則冷靜的用手制止他。

「中村先生，不要緊，你放心。如果這是他的絕招，那麼，我還有比他更棒的絕招呢！我一定會抓到那個傢伙的。」

明智自信十足的說道。

怪老人

話說先前二十面相穿上警察的制服，瞞過在地下道入口監視的兩名警察。但是在從草原跑向城市的方向時，草原上發生了奇怪的事情。

草原的草長得很高，甚至到達人的腰部。沒有風，但是草卻不斷的移動著，而且不只一處，而是到處都在晃動。

草叢裡好像躲著什麼動物似的，正在移動著。就好像大蛇撥草爬行一樣，移動的方式很可怕。

這個動物拚命追著假扮成警察的二十面相，慢慢的前進。而各處的草的晃動也朝著那個方向前進。

「喂！你認為那個警察是不是有點奇怪呀？慌慌張張的看著四周，是不是想要逃走啊？跟著他去看看。」

「嗯！那傢伙可能是假扮成骷髏男的二十面相。明智先生曾經交代過，就算是警察，也不能夠掉以輕心。」

聽到移動的草叢中傳來耳語聲。

雖然看不到身影，但是，可以聽出其中一個是小林少年，而另一個則是井上一郎的聲音。

在草叢中爬行的不是動物，而是少年偵探團團員。草叢大片的晃動著，因此人數應該不只兩、三人，至少有十名少年在草叢中等著可疑人物的出現。

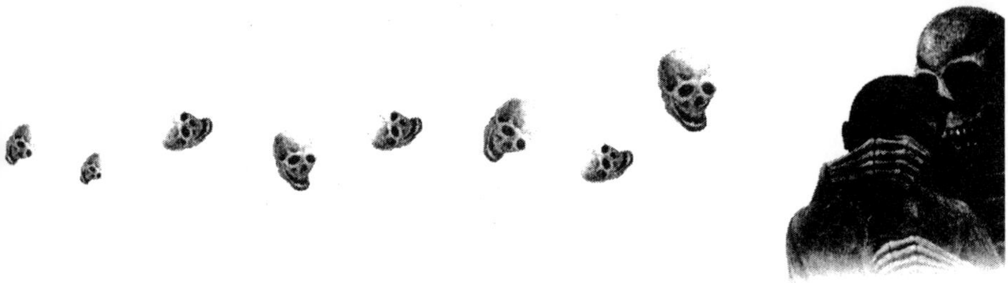

已經是黃昏時刻，四周微暗。在昏暗中，那名狼狽的警察，撥開草叢往前跑。跑到了草原中宛如小島般的灌木叢時，突然跳進灌木叢中，消失了身影。

「真是奇怪。大家趕快包圍這附近加以監視。」

「趕快通知大家。」

井上在草中爬行，向附近的一名團員耳語著。這名團員又告訴下一個團員。很快的，小林少年的命令已經傳到所有團員的耳裡了。少年們仍然躲在草叢裡，慢慢的包圍灌木林，不停的監視著，以免那可疑的警察逃走。

不久之後，看到樹枝微微的顫動，從樹叢中出現一個老人。

穿著灰色西裝、戴著灰色鴨舌帽和白髮的老人，彎腰駝背，拄著手杖在草叢中走著。

「真奇怪，也許是喬裝改扮了。去調查看看。」

小林少年對井上這麼說，然後悄悄的接近灌木林，撥開樹枝，溜到裡面去。

仔細搜索，那裡已經空無一人。看來那傢伙真的是變裝成老人逃走了。如果他一直維持警察的裝扮，就會擔心自己被發現、被追趕，因此早就在灌木叢中準備好老人的衣服，換裝之後再繼續逃。

警察的衣服應該被留在這裡。仔細搜尋灌木叢的深處，果然發現了捲成一團的警察制服。

有一件捲成包袱一樣夾在腋下的外套也在那裡。

小林趕緊跳出灌木叢，對井上耳語道：

「警察的衣服在這裡，那個怪老人就是二十面相。快去追他……再找一個人幫忙。」

「那麼帶阿呂去好了。」

「好吧！讓其他的團員趕快去通知明智先生。」

井上立刻叫躲在旁邊草叢裡的阿呂，也就是野呂一平。同時吩咐旁邊另一名少年趕緊把這件事情通知明智先生。

至於小林、井上、野呂三名少年，還是躲在草叢裡，繼續追蹤那可疑的老人。

藍色的汽車

怪老人離開了原野，快步來到大馬路上，揮手叫住奔馳中的一輛計程車，迅速上了車。

躲在暗處看到這種情形的三名少年，心想要是被對方逃走那可就糟了，於是趕緊跑到大馬路上，所幸後面緊接著又來了一輛計程車。小林少年招手叫住計程車，三人很快的上了車。

「我叫小林，我們正在追蹤犯人。請你跟住前面那輛藍色的車子，

不要跟丟了。」

小林說著，並把名片遞給了駕駛。

駕駛面露狐疑的神情看著名片，嚇了一跳，回頭看著小林。

「哦！你就是明智偵探有名的少年助手小林啊！放心，我不會跟丟那輛車的。那傢伙是個大人物嗎？」

精神飽滿的年輕駕駛，眼睛發亮的問道。

「嗯！是大人物。待會兒你就知道他是誰了。拜託你了，不要被對方發現哦！」

二十面相的車子是藍色車身，而小林等人所搭乘的是黑色的。兩輛汽車展開了追逐戰。

要在東京城內跟蹤汽車，並不是一件容易的事情。那麼多汽車從四面八方過來，只要一被其他車子阻擋，就看不到對面的車子了。此外，如果遇到了十字路口的紅燈，就必須等到紅燈變成綠燈為止，在這段時間，對方可能已經開到很遠的地方去了。

但是，小林所搭乘車子的駕駛，是個非常聰明的青年，而且得知自己的乘客是名偵探的助手小林少年，因此，更是將自己高超的駕駛技術展露無遺。絕對不讓對方發現，相當執著的持續追趕藍色車子。

奔馳了二十分鐘，小林嚇了一跳。因為他看到對面是曾經看過的豪華馬戲團的大帳篷。

那是二十面相假扮成笠原先生，擔任團長的馬戲團。

他又回到舊巢，到底打算做什麼呢？

藍色的車子停在馬戲團前，怪老人下了車。

小林等人搭的車子為了避免被對方發現，所以在比較遠的地方就停了下來。三名少年也下了車。

怪老人進入帳篷中。

愈來愈奇怪了。馬戲團裡有觀眾，後台有很多馬戲團團員等著出場

表演。二十面相鑽進人群中，他到底打算做什麼呢？

小林少年對阿呂做了一些指示，阿呂趕緊跑向巷子的方向。原來是要打電話通知在笠原家的明智偵探。

留下來的小林、井上兩名少年，快步來到怪老人走進去的帳篷的後門口，看著裡面的情況。

怪老人已經不在那裡了。一名馬戲團團員面露凝重的表情站在那裡。

小林接近團員，對他說道：

「你還記得我嗎？我是明智偵探的助手小林。」

年輕的團員笑了起來。

「我記得，有什麼事嗎？」

「嗯！剛才有沒有一個駝背的老爺爺走了進來？」

「有啊！是笠原團長派他來的。」

「那是可疑的傢伙哦！」

小林說著，在團員的耳邊輕聲的說了一些話。

聽小林這麼說，團員嚇得臉色蒼白。原來笠原團長就是怪盜二十面相。聽到這番說詞，團員當然驚慌失措。

「你是說剛才的那個老爺爺是二十面相？」

「是的，絕對沒錯。我們已經打電話通知大家前來。事實上，警察隊應該快到了。記住，在此之前絕對不要讓他逃走，而且不要讓大家知道。只要告訴重要的幾個人，讓他們找出這名老人的行蹤就可以了，因為不知道他有什麼可怕的企圖。」

團員趕緊回到後台，並把這件事情告訴副團長的空中馬戲表演師，四、五個人在附近搜尋，但是，並沒有發現怪老人的行蹤。待在後台的人都沒有看到老人。

於是又到觀眾席上去找。繞了圓形的馬場一圈，也沒有在觀眾席上發現這個可疑的傢伙。

怪老人從帳篷的後門鑽進來之後，就消失不見了。

大馬戲表演

怪老人消失十分鐘之後，觀眾席上發生了可怕的騷動。觀眾爭先恐後的想要逃到大帳篷外。這種混亂的情況真是不忍卒睹。

有跌倒哭喊的孩子，也有尖叫的年輕女子，大家互相推擠，跑向入口處。

發生這樣的騷動時，有一些勇敢的人還站在觀眾席上。這些人抬頭看著大帳篷的天花板。

高高天花板的空中馬戲表演的盪鞦韆台上，出現異樣的身影。就是那個傢伙。那個骷髏男怪物，穿著緊身衣褲，臉和骷髏一樣。二十面相又從彎腰駝背的老人變成了骷髏男。他早就將骷髏面具和襯衫藏在馬戲團中秘密的場所。

骷髏男坐在空中的鞦韆上，似乎打算開始表演。愈盪愈高，甚至要碰到帳篷的天花板。盪到最高處的時候，啪的離開了鞦韆，跳到空中。下面並未架起繩網，如果直接掉落下來，可能會喪命。

留下來的觀眾「啊」的大叫，捏了一把冷汗。

但是，骷髏男並沒有掉下來，而是跳到了天花板旁邊的圓木上，再從圓木跳到另一個圓木，好像猴子一樣身手矯健的跳著。

終於跳到了對面的盪鞦韆台。這個盪鞦韆台有讓表演人員垂到下方的長繩。骷髏男跳到繩上，慢慢的滑向地面。長繩就好像鞦韆一樣，開始晃盪了起來，而且愈盪愈高。

長繩擺盪的幅度非常大，刷、刷，似乎已經越過圓形的馬場，擺盪到觀眾的頭上，甚至盪到對面的後台入口。

刷、刷，……彷彿巨大時鐘的鐘擺一樣，前端則是由骷髏男假扮成

的鐘擺。這是非常美麗的光景。雖然可怕，卻很美麗。

這麼大的鐘擺，在靠近對面後台入口的時候，骷髏男啪的鬆手了。骷髏男黑色的身影離開了長繩，像箭一般的衝了出去。如果撞到東西，可就糟糕了。

但是，骷髏男畢竟是馬戲團表演的高手，在空中翻滾了幾下，漂亮的站立在後台入口的白色布簾前面。啪的掀起了布簾，消失在舞台上。

馬戲團團員全部來到中央的沙場，大家抬頭看著骷髏男的空中馬戲表演，一直叫嚷著。當他們看到骷髏男消失在後台時，「哇」地一陣譁然，趕緊追了過去。

但是，布簾裡面已經空無一人。出沒自如的怪人又不知道消失到哪裡去了。

當大家還在這附近徘徊吵鬧的時候，後台後面出現了龐然大物。是大象，大象走了過來。

一看，骷髏男正騎在大象頭上，手上拿著訓練猛獸的長鞭。

馴象師正好不在場，大家不知道該如何是好，只是驚聲尖叫著。

骷髏男長鞭揮舞著。大象因為這個聲音而跑了起來，捲起後台入口的布簾，衝向圓形的馬場。

觀眾席上不斷發出哇！哇！驚叫聲。即使是勇敢的觀眾，看到這一幕情景也不得不逃走。全部的人都衝向入口。

骷髏男站在象頭上，不斷的揮舞著長鞭。大象開始繞著圓形的馬場打轉。

「哇哈哈哈……」

可怕的笑聲響遍整個大帳篷。

骷髏男似乎覺得非常好笑似的，在那裡拚命的大笑著。

「哇哈哈哈哈……」

站在象頭上揮舞著長鞭，笑個不停。

骷髏男是不是發瘋了？還是在嘲笑無法抓住二十面相的馬戲團人員和警察們呢？

小林、井上、野呂三名少年，從擠在後台入口的馬戲團團員的身後看著這幕不可思議的光景。骷髏男為什麼要做這樣的馬戲表演呢？他的想法令人不解。

不斷奔馳的大象停在後台的入口前。站在象頭上的骷髏男的臉顯現出驚訝的神情。原來骷髏男的眼睛和小林少年的眼睛四目交投。這時候骷髏男才知道小林夾雜在帳篷的人群中。

骷髏男的笑聲停止了，接著聽到可怕的聲音。

「在那裡的是明智的弟子小林嗎？」

骷髏男讓原來奔馳的大象停了下來。怪人的眼睛一直瞪著小林。

小林撥開馬戲團的人員走到前面，回瞪著對方，大聲說道：

「是啊！我是明智老師的弟子。你假扮成警察，從地下道溜走的事情我們早就知道了。現在明智老師已經趕到這裡來了。……喂！束手就擒吧！你沒有聽到那個聲音嗎？是巡邏車的警笛聲。警察隊已經到了，你無處可逃了。」

嗚─嗚─（當時巡邏車是使用嗚─嗚─的警笛聲）警笛的聲音已經來到帳篷外了。骷髏男繼續揮舞著長鞭，大象衝向帳篷的入口。

骷髏男好像站在象頭上跳舞似的，拚命的揮舞著長鞭。還留在那裡的觀眾發出「哇」的驚叫聲。

大熊的秘密

小林少年和馬戲團的團員，緊追著骷髏男所騎的大象，快步地跑到帳篷外。觀眾在入口外面的草原圍成大圈，正在喧嘩著。在這些觀眾當中，佇立著剛才衝過來的大象。

但是，沒有看到騎在象頭上的骷髏男。

「逃到那裡去了！逃到那裡去了！」

觀眾異口同聲的叫道。大家跑到帳篷裡面，從後門進去找尋後台，但是並沒有看到任何人影。大家又跑了出來，後台裡面空無一人，並沒有發現骷髏男。

在草原上對面的大型巴士休息的馴象師，知道事情之後，趕緊跑了過來，把大象牽回帳篷中。

警政署的三輛白色汽車載著警察人員過來了。明智偵探和中村警官坐在最前面的一部車內。

兩個人下了車，立刻向觀眾詢問詳細的情況，警察隊圍住大帳篷的周圍。只有三名警察趕往帳篷的後門入口。

「啊！老師……那傢伙又消失了。」

來到帳篷時，小林少年跑過來對明智偵探報告先前發生的事情。

明智偵探和中村警官一起搜索，仍然沒有發現骷髏男。

不久之後，小林少年在明智偵探旁邊耳語著。

「嗯！是嗎？你發現了？好，去看看。」

明智偵探用眼睛對旁邊的中村警官示意，大家一起跟在小林的身後離開。小林、井上、野呂三名少年負責帶路。大帳篷中間的後台旁邊是關動物的地方。

籠子裡有小車，當馬戲開始表演時，這些動物就從停在原野上的卡車被卸下而運到這裡來。

來到此處，空氣中瀰漫著一股動物臭。對面擺著三個大籠子，籠內各有一隻獅子。有的躺著睡覺，有的則在籠子裡面踱步。

旁邊則是關著老虎和豹的籠子。牠們都是非常習慣人的動物，因此看到這麼多人過來，也不會驚訝的怒吼。老虎和豹都悠閒的在籠子裡面踱步。

此外，還有關著熊的籠子，裡面趴著一隻身軀龐大的熊。

小林少年停在關著熊的籠子前面，看著後面的馬戲團的人，要求道：

「請把這個籠子打開。」

「咦！把籠子打開？這太危險了。牠的情緒可不穩定哦！」

馬戲團的人驚訝的看著小林。

小林笑著對馬戲團的人附耳說了一些話。

「咦！在這隻熊裡面？」

團員面露驚訝的神情看著熊。

「啊！糟了，鎖被打開了。」

他靠近籠子的門叫道。

就在這個時候，籠子的門從裡面啪的被打開，大熊「喔……」的大吼著，跳到大家的面前。

看到這個情形，小林大聲叫道：

「這傢伙不是真的熊，熊的毛皮裡面躲著二十面相。大家不要怕，快把他抓起來。」

馬戲團團員以及警察們合力把熊包圍起來。

「喔……」

聽到可怕的叫聲。用後腳站立的熊，好像要和人展開戰鬥似的，可怕的扭打戰就這樣的開始了。

「喔、喔……」

一名馬戲團團員被壓在熊腿下，三名警察及時撲過去想要推開騎在人身上的熊。

就此展開了大格鬥。

「抓住了，抓住了！快拿繩子來！」

一名警察抓住熊的背後，而另一名警察則抓住熊的前腳，兩名馬戲團團員抓住熊的後腳，一名警察想要取下掛在腰上的繩子，但是，根本

來不及這麼做。

「啊……」聽到了叫聲。包圍著熊的人竟然全都跌倒在地。在人的下面只有熊的毛皮留在那裡，已經被壓扁了。

毛皮的肚子部分有隱藏的釦子，人可以從那裡出入。二十面相趁著糾纏打鬥的時候，把釦子一一解開，在大家覺得已經抓到熊而鬆了一口氣的時候，啪的從那裡跳了出來。

出來的是骷髏男的身影。可怕的骷髏撥開眾人，像子彈似的衝了出去。

就在大家驚訝得還沒有回過神來的時候，骷髏男衝向這個房間入口處的布簾，消失了身影。

這時聽到馬「嘻嘻嘻……」的嘶鳴聲。

「啊！那傢伙竟然想騎著馬逃走嗎？」

中村警官大叫道。

「好，快去追。我也騎馬，你們大家坐車去追他。」

明智說著就跑了出去。不管什麼運動，明智偵探都很拿手。他是個騎馬高手。

明智偵探跑到馬戲團的後台，取下掛在那裡的一綑長的細麻繩，再跑到帳篷中栓馬的地方，選了一匹看起來最強壯的馬，迅速跳上馬背，疾馳而去。

這時，二十面相的骷髏男也騎在馬上，離開了帳篷。留在原野上的觀眾，不停傳來「哇……哇……」的叫聲。

哇！名偵探和怪盜二十面相開始賽馬。明智偵探真的能夠追到二十面相嗎？

二十面相最後的下場

騎在栗毛馬上的骷髏男，不斷的揮舞著長鞭，馳騁在原野上。已經是夜晚了，不過，因為大帳篷的四周有很多燈泡，所以原野如白晝般明亮。許多觀眾看到騎在馬上的骷髏男，都「哇……哇……」的驚叫。

骷髏男的身影已經通過對面的大街消失不見了。騎著同樣栗色馬的明智偵探也奔馳在原野上。

「在那裡！在那裡！」

觀眾當中有人出聲指出骷髏男逃走的方向。

明智趕緊掉轉馬頭，朝那個方向奔馳而去，就好像在賽馬似的。觀眾中有人大叫道「名偵探加油……」，接著又聽到「哇……」的聲音。

三輛警政署的汽車留下一輛，另外兩輛在稍後不久就從草原出發。

因為是巡邏車，所以速度比馬快。但是，就算追上馬，也無法讓馬匹停下來。因此只好繞路，讓汽車擋在路中央，迫使馬匹停下來。

開在前面的汽車，裡面坐著中村警官和三名警察。他們的膝上抱著小林、井上、野呂三名少年。

來到大街，看到快馬疾馳而去的明智，而骷髏男的馬則在前方。因為是夜晚，所以看得並不是很清楚。

巡邏車安裝有小型的探照燈。一名警察取出探照燈，在汽車開動的情況下按下車內的按鈕，啪的一聲，光束延伸，可以照到前方一百公尺的距離。

「啊！骷髏男的馬就在前面。……啊！轉彎了，趕緊通知後面的車子，抄捷徑趕到那傢伙的前面去。」

在中村警官的指示之下，駕駛座上的警察，取出無線電話的通話器大叫道：

「一百三十六號、一百三十六號，這裡是中村警官。一百三十六號車抄捷徑，趕到二十面相的馬的前面，我們繼續追蹤。」

隨即前面的擴音器傳出了聲音：

「一百三十六號，了解。」

這個無線電話連線到警政署總部，其他的車子也可以聽到，所以立刻回答。

中村警官的車子開亮探照燈，警笛嗚嗚的響著，跟在明智偵探的馬後繼續追趕。

因為時刻還不是很晚，所以，在出現馬和汽車追逐戰的街道上引起了大騷動。在前面的是骷髏男，而骷髏男騎在馬上。

街道上的人還是頭一次親眼目睹這種景象，全都從屋內跑了出來看熱鬧。通過人行道的人全都停下腳步。騷動的人群甚至讓汽車必須要停下來。白色的警察巡邏車不斷的嗚著警笛，一般的汽車必須趕緊讓路，

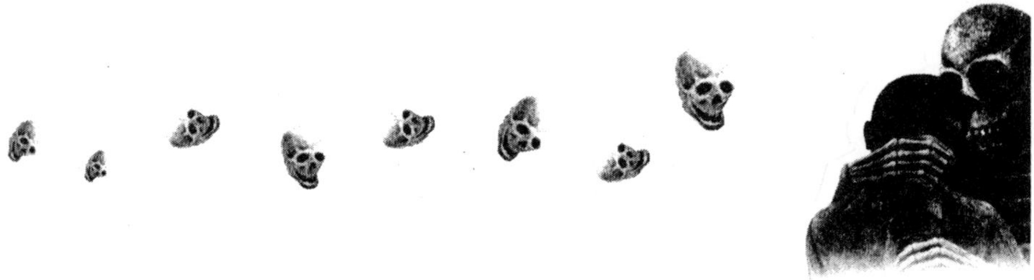

以便巡邏車能夠通行無阻的向前奔馳。

骷髏男揮舞著長鞭，咻！咻！抽打馬的屁股，拐了好幾個彎，漸漸逃向比較荒涼的地方。

來到幾乎沒有人煙的大街。兩側是大型住宅，非常的安靜，但是，每隔二十公尺就有明亮的街燈，明智偵探不用擔心會跟丟骷髏男。兩個人之間大約距離五十公尺。

骷髏男的馬似乎有點累了。胡亂騎乘，又隨意的用鞭子抽打馬，當然會讓馬匹覺得累。

明智為了讓馬容易奔馳，並沒有使用長鞭，所以，他所騎的馬還不會很累，仍然馬力十足的繼續往前衝。

與骷髏男之間的距離愈來愈短了。從四十公尺、三十公尺，到二十公尺。啊！已經變成十公尺了，真是一幕刺激萬分的賽馬景象。後面的馬即將要追上前面的馬。

這時，明智鬆開韁繩讓馬盡情的奔馳。他用雙手解開細麻繩，打個結，變成大圓圈，然後右手拿著麻繩，在頭上打轉。

啊！原來是高超的拋繩技術，明智懂得拋繩要領。只要讓繩子勾住前面骷髏男的脖子，那麼，就可以把他從馬上拉扯下來。

小林少年坐在後面的車上，看到這一幕。

「你們看，明智老師就好像牛仔一樣，會拋繩技術哦！」

他用手肘推了推旁邊的井上，很驕傲的對他說道。

「嗯！不愧是明智先生。我都不知道他竟然還有這一招呢！」

中村警官也很佩服的說道。

前面的兩頭馬就在眼前，探照燈的強光照著他們，所以看得一清二楚。

兩頭馬像箭一般的往前衝。骷髏男不停的回頭看。他聽到明智的馬蹄聲，似乎也察覺到在明智頭上不斷打轉的麻繩。

就在這個時候，明智的右手啪的伸了出去，隨即圍成圓形的細繩成圓圈狀的飄浮在空中。

後面車上的小林，不禁啊的叫了起來。

在探照燈的燈光中，可以看到骷髏男從騎著的馬上掉落下來。拋出去的繩子命中骷髏男。

骷髏男的馬繼續往前奔馳，明智的馬，則跑到比滾落在地的骷髏男更前面的地方。

骷髏男被繩子勒緊脖子，就這樣的整個人被拖行在地面上。

骷髏男用左手抓住勒在脖子上的繩子，否則自己會被活活勒死。他的右手從黑色襯衫的口袋裡掏出了一樣閃閃發亮的物品，但看不清楚那是什麼東西。

啊！是刀子。他想用刀子割斷繩子。右手已經開始動了，繩子被割斷了。

骷髏男翻個滾，重新站了起來，拔腿就跑。

坐在汽車上的小林等人，又叫了起來，手心冒汗。

前面是十字路口。骷髏男向右轉，跑走了。但明智還沒有察覺到，仍然繼續往前奔馳。

「停車！快去追趕那個傢伙！」

中村警官吼道。聽到剎車聲，車子停了下來。打開車門，警察們全都跑下車，小林等人也跟在他們的身後。

負責駕駛的警察留在車上，跟在眾人的身後，持續打亮探照燈。

骷髏男像黑旋風似的奔馳著，速度非常的快，警察根本追不到他。

這時，看到巷子對面有兩個閃耀著光芒好像眼珠子似的東西，原來是汽車的車頭燈。

這是繞到前面等待的警察巡邏車。在車頭燈的照耀之下，骷髏男根本無所遁形。這時車子停了下來，警察也下了車。

骷髏男被兩面夾攻，除非會飛天遁地，真的是無處可逃了。他似乎已經覺悟到這一點，因此停下腳步來。

警察從前後撲向他，像疊羅漢似的，一個接著一個壓上去。抓住怪物，銬上手銬，將他綑綁了起來。因為他們都知道，只銬上手銬是很危險的事情。

明智偵探也停了下來，從馬上跳下來，和中村警官交換眼神，為逮捕到這個大獵物而感到非常高興。

「明智先生！」

被綁住的二十面相骷髏男用痛苦的聲音叫道。

「我輸了，你放心吧！我沒有絕招了，我會接受審判的。我不知道你是拋繩的個中好手，你看，我的脖子上都有傷痕了。」

二十面相的脖子上留下被繩子勒住的紅色傷痕。

怪盜二十面相，終於束手就擒。

小林、井上、野呂三名少年看到這幕景象，高興不已。阿呂已經沒有辦法再保持沈默了。

「明智老師萬歲！明智大偵探萬歲！」

他又叫又跳的說著。

聽他這麼呼喊，警察們也放鬆緊張的表情，笑聲響遍寧靜的街道。

解說

人消失的神奇

戶川安宣（編輯）

故事從井上一郎和阿呂，也就是野呂一平兩人遇到了骷髏紳士的奇怪場面開始說起。

井上和阿呂自從在讀賣新聞一九五五年九月十二日到十二月二十九日連載的「黃金虎」故事中登場以來，幾乎在所有的作品裡，兩個人都攜手合作，要不然就是井上單獨出現。在少年系列的全部作品中，除了小林少年在每本作品中都會出現之外，井上則是少年偵探團中相當活躍的重要角色。

井上的父親原本是拳擊選手，因此故事中形容他是「身材高大、力量強大」的少年，而阿呂則是團員當中最膽小、最可愛的孩子。「高大強壯的井上搭配小而柔弱的阿呂，兩人的關係非常好，真是讓人覺得不可思議」。這種奇妙的搭配，令當時的讀者們拍手叫好。亂步先生也一定很喜歡自己創造出來的這些登場人物。

井上和阿呂連手追趕可疑的骷髏紳士，追到了馬戲團的小屋。謎樣的男子鑽進帳篷內，消失了蹤影。骷髏男在那裡消失過好幾次，也出現過好幾次。

這個故事的特色和以往大家所看過的一系列作品的不同點就是，壞蛋並沒有偷走任何東西。在做為舞台的豪華馬戲團中，怪物所要的不是寶物，不像『恐怖的鐵塔王國』故事中要求獻金或威脅小孩。到了故事中段，仍然反覆著馬戲團怪人出現或消失的情節。

這個「少年偵探」系列故事，在以前稱為偵探小說，戰後稱為推理小說，最近則稱為神秘小說。故事的開頭會提出一些難解之謎，讓讀者

成為小說中的偵探來解謎。這就是看推理小說的樂趣。

謎有很多種，大致可分為「是誰」、「如何進行」、「為什麼」三種。其中最重要的就是犯人是誰，這個謎團幾乎是所有推理小說的主題。如何進行？為什麼要進行？關於其進行的方法和動機，也會成為推理小說的問題。

這本『馬戲怪人』，就是同時擁有這兩個主題的小說。

犯人就是謎樣般的骷髏男。骷髏男的真實身份到底如何？乃是最大的謎團，這在一開始就已經準備好了。這個怪人是如何消失蹤影的？關於他的伎倆則完全不了解。為什麼他要對付豪華馬戲團而嚇唬大家呢？理由也不得而知。

某個人物在眾人環視之下，或是在沒有出口的房間裡突然消失的故事，可以說是以人類消失為主題的推理小說。以這種神奇戲法為題材的推理小說，在以前就有很多。

有推理小說始祖之稱的美國艾德加•亞藍波這位作家，有一部作品叫做『摩爾格街的殺人』。因為聽到女子的哀嚎聲，因此打破上鎖的房門進去一探究竟。住在裡面的母女被殺，但是，沒有看到犯人。這種情形稱為「密室殺人」。後來很多推理小說迷都欣賞這類的主題。換個角度來說，這本『摩爾格街的殺人』，也可以算是犯人從密室中「消失」的故事。

像美女從舞台的箱子消失的戲法，很多人都看過。美女在意想不到的地方又出現了蹤影，大家看到的時候一定會很興奮吧！所以看到這種以人的消失為主題的小說，也能夠大快人心。

這本『馬戲怪人』敘述的就是，謎般的骷髏紳士，時而消失蹤影時而現身，或是在重重嚴密戒備、無人可以靠近的房間裡突然出現，然後又消失了。

這裡的重點是，他的消失利用了很多技巧。雖然不見得都是嶄新的

技巧，但是卻擁有讓人不斷消失的魄力。推理小說就是要在這些技巧上創造出新意。這個技巧不光是消失身影而已，也可以為了隱藏其他目的而使用。希望各位不要忽略這一點。

在此探討一下故事的真相。在探討推理小說的故事時，一定要闡述技巧和結局，這樣讀者才有興趣繼續看下去。

『馬戲怪人』在雜誌「少年俱樂部」上從一九五七年一月號到十二月號連載，與同年在「少年」連載的『妖人銅鑼』（後來改名為『魔人銅鑼』）作品同樣的，是敘述個人的復仇故事，但是和以往二十面相有不同的傾向。

這一次在『馬戲怪人』中的二十面相，其復仇並不是半途而廢的。但是，討厭見到血的二十面相，怎麼會擬定索取可愛小孩生命的可怕計畫呢？

對讀者而言，最大的驚訝就是，在作品後半部二十面相的真正身份被揭露的時候。

以往不知道他到底長什麼樣子的二十面相，現在知道他的本名是遠藤平吉，而且原本是馬戲團的表演者。這樣的經歷當然讓人感到驚訝。

再仔細看下去，會發現以往的作品中也曾經出現過馬戲團，也有一些馬戲團表演的場面出現。這些都是只有馬戲團表演人員才辦得到的事情。二十面相因為曾經是馬戲團表演人員，所以才辦得到。在得知二十面相是馬戲團團員時，有些讀者可能會恍然大悟。

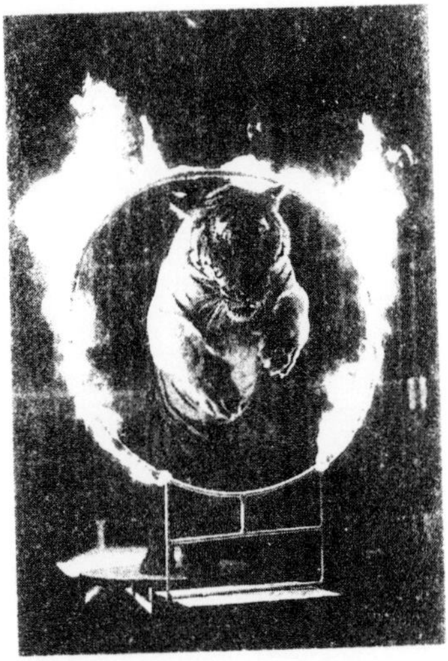

馬戲團的廣告（1955年代）
每日新聞社提供

但是，明智偵探揭開二十面相真實身份的場面，出現了十五年前和三年前兩個不同的時間。十五年前他還是豪華馬戲團團員的遠藤平吉。由於團長的寶座由

笠原得到，所以他離開馬戲團。而在三年前，遠藤做了壞事，笠原以證人身份做證，因此得罪了遠滕。明智偵探則說，「你的本名是遠藤平吉，我在三年前就聽說了」。

這部作品的發表時間是一九五七年，十五年前指的就是一九四一、四二年。當時已經發表從『怪盜二十面相』到『大金塊』的作品，可是因為戰爭的緣故，使得這一系列的作品中斷了。

三年前指的就是『恐怖的鐵塔王國』一書發表的時候。

這些到底意味著什麼呢?就留給各位讀者去猜吧！

少年偵探 1~26

江戶川亂步　著

1　怪盜二十面相

接獲失蹤的壯一即將歸國的好消息的同時，羽柴家也接到這封通知信。
擅長喬裝改扮的怪盜，到底會以什麼姿態來盜取寶石？
老人、青年，還是……。
「怪盜二十面相」與名偵探明智小五郎初次對決，現在就要開始了！

2　少年偵探團

整個東京都內，不斷傳出有關「黑色妖魔」的傳聞，而且陸續發生綁架少女事件，以及篠崎家的寶石，還有黑影似乎偷偷的靠近五歲的愛女小綠。難道由印度傳來的「受到詛咒的寶石」的傳說是真的嗎……。
繼『怪盜二十面相』之後，名偵探明智小五郎和少年助手小林芳雄所帶領的「少年偵探團」大活躍。

3　妖怪博士

跟蹤可疑的老人身後，來到一間奇妙的洋房。
少年偵探團團員之一的相川泰二，在那兒發現被五花大綁的美少女。
妖怪博士的魔爪伸向為了救出少女而偷偷溜進洋房的泰二。
此外，還有更可怕的事情，正等著追查整個事件的三名團員們……。

4　大金塊

秘密文件的另一半被盜走了！
那是說明宮瀨礦造爺爺留下的龐大遺產「大金塊」藏匿地點的秘文，
為了取回被奪走的一半秘密文件，而進入竊賊地下指揮部的少年小林，
他所看到的意外事實真相到底是什麼？
名偵探明智解開了謎樣的文章，趕赴島上，取回大金塊。

5　青銅魔人

在月光的照耀下，赫然出現一張嘴巴裂開如新月型的金屬臉，怪物體內發出齒輪轉動聲。
在半夜偷走鐘錶店裡的懷錶的竊賊，難道就是這個用青銅做成的機械人？
少年小林新組成「青少年機動隊」，為了名偵探明智小五郎，奮鬥不懈。
是否真的能夠掌握青銅魔人的真面目呢？

6 地底魔術王

在天野勇一所居住的城市裡，搬來了一個奇怪的叔叔。
他在少年們的面前，展現神乎其技的魔術，是一位魔法博士。
他說：「在我所住的洋房裡有『奇異國』。」
有一天，勇一和少年小林造訪洋房。但是就在博士展開魔術表演的舞台上，勇一消失在觀眾的面前。

7 透明怪人

一名紳士走進城鎮盡頭的磚瓦建築物中。
就在尾隨於其身後的兩名少年的眼前，
這個神秘男子脫掉大衣、襯衫，結果一裡面什麼也沒有。
肉眼看不到的透明怪人出現了，珠寶店和銀行大為震驚。
化裝成人體服裝模特兒的透明怪人出現在百貨公司，引起一陣騷動。

8 怪人四十面相

幾度從監獄中脫逃的怪盜二十面相，這次改名為「四十面相」，宣佈要逃獄。
為了查明真相，來到拘留所的明智小五郎，與二十面相見面之後，
為什麼匆忙趕到世界劇場的後台去了呢……
劇場正上演著「透明怪人」事件的戲碼。

9 宇宙怪人

眾人啊的大叫一聲，屏住呼吸，因為在東京市的大都會銀座上空出現了五個 「在天空飛行的飛碟」。
彷彿來自遙遠星球的世界，擁有蝙蝠翅膀如大蜥蜴般的宇宙怪人降臨。
被在深山登陸的飛碟抓住的木村青年，訴說可怕的體驗，使得全日本，不，應該說是全世界都陷入大混亂中。

10 恐怖的鐵塔王國

「我有東西要給你看哦！」
小林少年被轉角處的老人叫住，看到偷窺箱裡竟然有從森林的圓形鐵塔爬下來的巨大獨角仙……。都市裡出現抓小孩的怪物獨角仙。
獨角仙大王所統治的恐怖鐵塔王國，到底在日本的哪個地方呢？

11 灰色巨人

從百貨公司的寶石展覽會中竊取珍珠的美術品，
然後抓住廣告汽球朝天空逃逸。但是逮到犯人之後，一看……。
綽號「灰色巨人」的怪人，這次盜走了「彩虹皇冠」。
尾隨怪盜而來的少年偵探團，來到一個馬戲團的大帳棚中。
奇妙的竊賊難道躲到裡面去了嗎？

12 海底魔術師

身上覆蓋著鐵製的鱗片，好像鱷魚一般的尾巴……
在黑暗的海底，有著好像黑色人魚的兩個綠色眼睛的怪物。
爬在地上的怪物想要奪走小鐵盒。
交到明智偵探手中的小鐵盒，
隱藏著載有金塊的沉船秘密！

13 黃金豹

屋頂出現了金色的影子，在月光的照射下，劃破了深夜的黑暗，
全身閃耀著黃金般光芒的豹出現在街上。
襲擊銀座的寶石商、吞掉寶石的豹，突然轉身逃走，像煙一般消失了。
夢幻怪獸到底是什麼東西？
夢幻豹

14 魔法博士

少年偵探團中有兩名好搭檔，他們是井上和阿呂。
看到「活動電影院」之後，
一直跟隨活動電影院的兩人，漸漸進入無人的森林中。
擋在面前的，竟然是可怕的黑影……。
等待著兩人的，是黃金怪人「魔法博士」意想不到的策略。

15 馬戲怪人

熱鬧的「豪華馬戲團」公演時，突然出現了可怕的慘叫聲。
觀眾全都回頭看。
在貴賓席黑暗的角落看到白色骷髏的影子！
攻擊馬戲團團長笠原先生一家人的骷髏男的模樣奇怪。
沒有人知道的大秘密，經由明智偵探及少年偵探團的推理而解開謎團。

16 魔人銅鑼

「噹……噹……噹……」空中傳來宛如教會鐘聲般的聲響，不禁抬頭一看。
結果，發現整個空中出現一張惡魔的臉。
巨大的惡魔正露出尖牙笑著。難道這是神奇事件的前兆……。
惡魔的神奇預言出現了。明智偵探的新少女助手小植即將遭遇危險。

17 魔法人偶

「我很喜歡留身哦！和我玩吧！」
和神奇的腹語術小男孩人偶相處得很好的留身，跟隨著小男孩和
白鬍子老爺爺到人偶屋去。
迎接他們的是美麗的姊姊，這位穿著長袖和服、名叫紅子的人偶，
看起來就好像活生生的真人一樣這是假扮成腹語術師的老爺爺的魔術。

大展出版社有限公司
品冠文化出版社

地址：台北市北投區（石牌）
致遠一路二段12巷1號
郵撥：01669551＜大展＞
電話：(02) 28236031
28236033
傳真：(02) 28272069

圖書目錄

・少年偵探・品冠編號 66

1.	怪盜二十面相	（精）	江戶川亂步著	特價 189 元
2.	少年偵探團	（精）	江戶川亂步著	特價 189 元
3.	妖怪博士	（精）	江戶川亂步著	特價 189 元
4.	大金塊	（精）	江戶川亂步著	特價 230 元
5.	青銅魔人	（精）	江戶川亂步著	特價 230 元
6.	地底魔術王	（精）	江戶川亂步著	特價 230 元
7.	透明怪人	（精）	江戶川亂步著	特價 230 元
8.	怪人四十面相	（精）	江戶川亂步著	特價 230 元
9.	宇宙怪人	（精）	江戶川亂步著	特價 230 元
10.	恐怖的鐵塔王國	（精）	江戶川亂步著	特價 230 元
11.	灰色巨人	（精）	江戶川亂步著	特價 230 元
12.	海底魔術師	（精）	江戶川亂步著	特價 230 元
13.	黃金豹	（精）	江戶川亂步著	特價 230 元
14.	魔法博士	（精）	江戶川亂步著	特價 230 元
15.	馬戲怪人	（精）	江戶川亂步著	特價 230 元
16.	魔人銅鑼	（精）	江戶川亂步著	特價 230 元
17.	魔法人偶	（精）	江戶川亂步著	特價 230 元
18.	奇面城的秘密	（精）	江戶川亂步著	特價 230 元
19.	夜光人	（精）	江戶川亂步著	
20.	塔上的魔術師	（精）	江戶川亂步著	
21.	鐵人Q	（精）	江戶川亂步著	
22.	假面恐怖王	（精）	江戶川亂步著	
23.	電人M	（精）	江戶川亂步著	
24.	二十面相的詛咒	（精）	江戶川亂步著	
25.	飛天二十面相	（精）	江戶川亂步著	
26.	黃金怪獸	（精）	江戶川亂步著	

・生活廣場・品冠編號 61・

1.	366 天誕生星	李芳黛譯	280 元
2.	366 天誕生花與誕生石	李芳黛譯	280 元

3.	科學命相	淺野八郎著	220 元
4.	已知的他界科學	陳蒼杰譯	220 元
5.	開拓未來的他界科學	陳蒼杰譯	220 元
6.	世紀末變態心理犯罪檔案	沈永嘉譯	240 元
7.	366 天開運年鑑	林廷宇編著	230 元
8.	色彩學與你	野村順一著	230 元
9.	科學手相	淺野八郎著	230 元
10.	你也能成為戀愛高手	柯富陽編著	220 元
11.	血型與十二星座	許淑瑛編著	230 元
12.	動物測驗—人性現形	淺野八郎著	200 元
13.	愛情、幸福完全自測	淺野八郎著	200 元
14.	輕鬆攻佔女性	趙奕世編著	230 元
15.	解讀命運密碼	郭宗德著	200 元
16.	由客家了解亞洲	高木桂藏著	220 元

・女醫師系列・品冠編號 62

1.	子宮內膜症	國府田清子著	200 元
2.	子宮肌瘤	黑島淳子著	200 元
3.	上班女性的壓力症候群	池下育子著	200 元
4.	漏尿、尿失禁	中田真木著	200 元
5.	高齡生產	大鷹美子著	200 元
6.	子宮癌	上坊敏子著	200 元
7.	避孕	早乙女智子著	200 元
8.	不孕症	中村春根著	200 元
9.	生理痛與生理不順	堀口雅子著	200 元
10.	更年期	野末悅子著	200 元

・傳統民俗療法・品冠編號 63

1.	神奇刀療法	潘文雄著	200 元
2.	神奇拍打療法	安在峰著	200 元
3.	神奇拔罐療法	安在峰著	200 元
4.	神奇艾灸療法	安在峰著	200 元
5.	神奇貼敷療法	安在峰著	200 元
6.	神奇薰洗療法	安在峰著	200 元
7.	神奇耳穴療法	安在峰著	200 元
8.	神奇指針療法	安在峰著	200 元
9.	神奇藥酒療法	安在峰著	200 元
10.	神奇藥茶療法	安在峰著	200 元
11.	神奇推拿療法	張貴荷著	200 元
12.	神奇止痛療法	漆浩　著	200 元

・彩色圖解保健・品冠編號 64

1.	瘦身	主婦之友社	300 元
2.	腰痛	主婦之友社	300 元
3.	肩膀痠痛	主婦之友社	300 元
4.	腰、膝、腳的疼痛	主婦之友社	300 元
5.	壓力、精神疲勞	主婦之友社	300 元
6.	眼睛疲勞、視力減退	主婦之友社	300 元

・心 想 事 成・品冠編號 65

1.	魔法愛情點心	結城莫拉著	120 元
2.	可愛手工飾品	結城莫拉著	120 元
3.	可愛打扮 & 髮型	結城莫拉著	120 元
4.	撲克牌算命	結城莫拉著	120 元

・熱 門 新 知・品冠編號 67

1.	圖解基因與 DNA （精）	中原英臣 主編	230 元

法律專欄連載・大展編號 58

台大法學院 法律學系／策劃
法律服務社／編著

1.	別讓您的權利睡著了(1)	200 元
2.	別讓您的權利睡著了(2)	200 元

・名師出高徒・大展編號 111

1.	武術基本功與基本動作	劉玉萍編著	200 元
2.	長拳入門與精進	吳彬 等著	220 元
3.	劍術刀術入門與精進	楊柏龍等著	220 元
4.	棍術、槍術入門與精進	邱丕相編著	220 元
5.	南拳入門與精進	朱瑞琪編著	220 元
6.	散手入門與精進	張 山等著	220 元
7.	太極拳入門與精進	李德印編著	280 元
8.	太極推手入門與精進	田金龍編著	220 元

・實用武術技擊・大展編號 112

1.	實用自衛拳法	溫佐惠著	250 元
2.	搏擊術精選	陳清山等著	220 元

國家圖書館出版品預行編目資料

馬戲怪人／江戶川亂步著；施聖茹譯
－－初版－臺北市，品冠文化，2002〔民 91〕
面；21 公分 — （少年偵探；15）
譯自：サーカスの怪人
ISBN 957-468-161-0（精裝）

861.59　　91012588

少年偵探 15　**馬戲怪人**　ISBN 957-468-161-0

著　　者／江戶川亂步
譯　　者／施　聖　茹
發 行 人／蔡　孟　甫
出 版 者／品冠文化出版社
社　　址／台北市北投區（石牌）致遠一路 2 段 12 巷 1 號
電　　話／(02) 28233123・28236031・28236033
傳　　真／(02) 28272069
郵政劃撥／19346241
E - mail／dah_jaan @yahoo. com. tw
登 記 證／北市建一字第 227242 號
區域經銷／千淞圖書有限公司
地　　址／台北縣泰山鄉楓江路 86 巷 21 號
電　　話／(02)29007288
承 印 者／國順文具印刷行
裝　　訂／源太裝訂實業有限公司
排 版 者／千兵企業有限公司
初版 1 刷／2002 年（民 91 年） 10 月

~~定　價／300 元~~
特　價／230 元

一億人閱讀的暢銷書！

4 ～ 26 集　定價300元　特價230元

品冠文化出版社

地址：臺北市北投區
致遠一路二段十二巷一號
電話：〈02〉28233123
郵政劃撥：19346241